イラスト◆ミュシャ　デザイン◆世古口敦志＋前川絵莉子（coil）

Character

クリスタ

本作の主人公。
伯爵令嬢にして
オルグルント王国が誇る
五人の聖女の内の一人。
魔法研究所に所属する
研究者という一面も併せ持つ。
極度のシスコンであり、
妹・ルビィのためならば
教会の規則や貴族の常識も
平気で破る。

ルビィ

クリスタの妹。
優しさ溢れる性格で、
周囲の皆から愛されている。
姉のことをとても尊敬しており、
姉妹仲は良好。
姉に似てやたらと思い切りの
良い一面もある。
最近は見聞を広めるために
いろいろな職業に挑戦中。

マリア

聖女の一人にして、
最年長のリーダー格。
規則にうるさく厳格な性格。
奔放な他の聖女たちに
手を焼いており、
特にクリスタの頭にはちょくちょく
拳骨を落としている。

ソルベティスト

聖女の一人。
クリスタの後輩で瞬間移動の
力を持つ。
ノリの軽い性格のため、
あまり聖女っぽさはない。

エキドナ

聖女の一人。
癒しの力を持つ。
見た目は怖く、男勝りな性格だが、
聖女の中でも一番の常識人。
クリスタの暴走に
よく巻き込まれる。

ユーフェア

聖女の一人。予見の力を持つ。マイペースな性格で
表情の変化にも乏しいが、クリスタには懐いている。

第三章　結界の魔物を分からせる

一　ブレない姉と思い切りのいい妹

「ん……」

ばさり、と何かが落ちる音が鼓膜を刺激し、クリスタ・エレオノーラは閉じていた目を開いた。

顔を起こし、目をこする。

「いつの間にか寝てしまっていたのね」

半分だけ開いた目で周辺を見渡し、ここがどこであるかを認識する。

身長よりも高い本棚にぐるりと囲まれた部屋。僅かに見える石造りの壁には時計がかけられており、針は今が朝であることを示していた。時刻に反して周辺が暗いのは、ここが地下だからだ。当然、光を取り入れる窓もない。

王立汎用魔力総合研究所。意味が伝わりにくいので、巷《ちまた》では魔法研究所という通称で呼ばれている。

多種多様な魔法を生み出し続けるオルグルント王国の中核を担う場所であり、そこに所属することは魔法研究家にとっては悲願と言われている。

その中でも私室を与えられる者は限られており、クリスタはその中の一人だった。

「ふわ。聖女ライト」

クリスタはあくびと共に指を弾いた。彼女の魔力に反応した壁の照明が一斉に光を灯す。

真っ白な光を浴び、徐々にクリスタは頭の中が鮮明になっていく感覚を覚えた。

「ん～」

伸びをしながら適当に束ねた髪を一度解き、鏡の前へ。循環した水路から水を汲み、それをすくってから顔にぱしゃぱしゃと浴びる。冷たさによる刺激がクリスタをより覚醒に導いてくれた。

「ふう。すっきり」

鏡に映るクリスタは薄暗く乱雑な部屋に似合わない美貌を持つ令嬢だった。

ただし本人はその自覚がなく、それを活かす気も毛頭ない。彼女の興味はそこにないからだ。タオルで顔を拭きつつ、また髪を元の位置に結ぶ。見栄えというものを全く考慮していない雑な結び方だった。その後、几帳面な人間が見たら卒倒してしまうほど散らかった机の上に置かれた眼鏡をかける。極厚のレンズが、着飾れば誰であろうと魅了してしまう美貌を完全に見えなくしてしまった。

女性にしては上背が高い身体を包んでいるのは、魔法研究所所属の証である純白の白衣。その下から覗く司祭のような服は、このオルグルント王国で五人しか袖を通すことを許されない聖女の法衣だった。

乱雑に置かれた資料と書類の数々。最初に聞いた「ばさり」という音はこれが机から滑り落ちた音のようで、床には昨日クリスタが必死で書き上げた原稿が散らばっていた。

それらを拾い集め、トントンと角を合わせて揃える。

「ギリギリだったけれど、なんとか間に合ったわ」

今日は魔法研究所で討論会が開かれる予定だ。これは各々がまだ検証段階にある理論を発表し、調査内容の方向性が正しいかを皆で確認し合い、フィードバックを出し合うという作業だ。発表する人物は持ち回りで決まっており、今日はクリスタが発表する中の一人だった。

新たな魔法の確立は仮説と検証、そして実験の繰り返しだ。一人でできる作業には限度がある。ここ魔法研究所は、オルグルント王国の最高機関。狭き門を潜《くぐ》った天才たちが知恵と意見を持ち寄れば、より早く、より正しく正解を導き出せる。討論会はそれが狙いだ。

（とはいえ、全員が正しいとは限らないけれど）

クリスタを天才たらしめた証である『魔法の拡大解釈』理論も、討論会に出した時は否定的な意見しか出てこなかった。しかしクリスタは己を信じ、時折仲間の聖女に手伝ってもらいつつ検証を重ね、それを証明してみせた。

他の研究者の言葉を真に受けて研究を止《や》めていたら、あの理論は完成しなかったと思うと討論会に意味があるかはやや疑問が残る。

とはいえ複数人でやった方が格段に早くなるものもあるので、時と場合による、と言った方が正しいだろう。

（『証明できても役に立たない』ってのは合っていたしね）

『魔法の拡大解釈』理論は各団体――主に教会――の反対によってお蔵入りとなった。結果だけを見れば当時否定的な意見を出した人物の発言は正解と言えなくもない。

そんなことを考えていると、控えめに扉をノックする音が耳に入ってきた。

「どうぞ。開いているわ」

「よう」

入ってきたのは、魔法研究所の同僚だ。

マクレガー・オースティン。

癖のある髪を撫でつけもせずに放置しているせいか、いつも実験に失敗して爆風を浴びたように広がっていた。中肉中背の平均的な身体をシワが深く刻まれた白衣で包んでいる。土気色の肌と濃いクマで病人と間違われるが、これがマクレガーの普通だ。彼もクリスタと同様、見た目には一切頓着していない。

年齢はクリスタより二つ上の二十二のはずだが、見た目はもう三十代に差し掛かっていた。事実、初見で彼の年齢を言い当てた人物はまだ誰もいない。

「起きてたか――いや、寝てないのか？　どっちだ」

「ちゃんと寝たわよ。何時間かは分からないけれど」

マクレガーの両手はマグカップで塞がっていた。いつもながら思うが、器用に扉を開けるものだなと感心してしまう。

彼が部屋に入った瞬間から、ずっと良い香りが漂ってきていた。

「ほらよ」

「わざわざありがと」

中身は珈琲だ。マクレガーは無類の珈琲好きで、豆はもちろんミルや水にもかなりのこだわりがある。

苦くて眠気が飛ぶから丁度いい――と適当に飲んでいたクリスタは、彼のおかげで珈琲がおいしい飲み物であると、認識を改めた。

湯気の立つ香りを鼻で楽しみながら、一口、口の中へ。

独特の苦味と、その奥にある酸味が旨味の信号に変換され喉の奥に消えていく。

嗅覚と味覚の二つが刺激され、水で顔を洗ったときよりも頭の中が冴えていく感覚を覚えた。

「――ん。いつもながらおいしいわ」

「討論会の題材、何にするんだ？」

「『触媒《しょくばい》を用いた魔力変換時の逓減減退《ていげんげんたい》の数値化』。そっちは？」

「『益獣になり得る魔物の候補』」

クリスタとマクレガーは同僚だが、専攻する分野は違っていた。

魔法を効率的に運用し、新たな使用法や、より魔力消費を抑え、より効果範囲を拡大する方法を模索する魔法研究科。

魔物の生態を細かく分析し、弱点や、より安全で、より確実に仕留められる方法を模索する魔物研究科。

魔力を生命の源とする魔物と魔法は切っても切れない関係にある。便宜上、分野を区切られてはいるが両者が研究しているのは本質的には同じ『魔力』だ。そういった理由から、魔法研究所は魔物の研究も内包していた。

正式名称が王立汎用魔力総合研究所になっているのは、そういう理由から来ている。

分野は違えども目的は魔と名のつくものを通して国民の生活を豊かにすること。

そして世界の理《ことわり》を解き明かすことだ。

——もっとも、クリスタにとってそれらは至上命題ではなく、あくまで『ついで』だが。

「今回の議題は大人しめだな」

「今回はってどういう意味よ。まるで人を議論過熱装置みたいに」

「前回、『炎魔法と水魔法の使用分布と傾向による国民貢献度』なんて爆弾を出したヤツがよく言うよ。結局、両魔法の推進派が殴り合いの喧嘩を始めただろうが」

「……真実を追い求めるためには、多少の犠牲は必要よ」

明後日の方向を向きながら、クリスタは口笛を吹いた。

「そ、それより！　あなたが進めてるワイバーンの試験運用、良い感じらしいわね」

露骨に話を逸らすが、マクレガーはそれを咎《とが》めることなく素直に従った。

「ああ、おかげさんでな。だから手が空いちまって暇なんだわ。何か面白い読み物持ってねえか」

「これなんてどうかしら」

珈琲を片手にクリスタは手を伸ばした。紙束の海をかき分け、紐で結ばれた論文を手にする。

「『世界の成り立ち』……ん、著者名なしってことは相当古いな」

魔法研究所が設立されて間もなかった頃、魔物の侵攻や他国とのいざこざで今ほど論文の制度は十分に整っていなかった。必然的に、その時代に書かれたものは現在では考えられない抜けや漏れなどが存在している。

著者名がないことはその最たるものだ。魔法研究所の地下には、そうした名無しの論文が大量に眠っている。

「古いけれど興味深かったわ。面白すぎて危うく今日の討論会を忘れるところだったもの」

「なにやってんだよ」

マクレガーは嘆息しながらパラパラと『世界の成り立ち』をめくり、冒頭の一部を読み上げる。

「『我々人類の手に余る広大な領域を持つミセドミル大陸。しかしながら世界を俯瞰して見るとその広さは数十分の一以下でしかなく、同じような大陸が広大な海を越えた先に幾つも点在している』」

今でこそ別大陸の存在は誰もが知る常識になっているが、数十年前、世界はクリスタたちがいるミセドミル大陸しかないと思われていた。この論文が出た当時はそれこそ斬新な発想だったと予測できる。

そして斬新すぎたが故に誰にも見向きもされず、そのままお蔵入りとなったものである、ということも。

「いつもながらこんな論文、よく見つけてくるな」

「今回の討論の資料を探していたら、偶然見つけたの」

こういった未発表の論文を読めるのは魔法研究所に所属する者だけの特権だ。

「それで本来の目的である討論会を忘れてちゃ世話ねえな」

「資料を探していたら別の気になるモノが見つかって時間が無くなるっていうのは研究者あるあるでしょ。それに間に合えばすべて良し、よ」

少しばかり睡眠時間は削れてしまったが、仕事はしっかり果たした上に知識欲も満たせた。何ら問題はない。

クリスタの言葉を聞き流しながら、マクレガーはさらに論文を読み進めている。

「『西海数百キロ先に世界を二分するほど巨大な滝がある』ねぇ。先見性は認めるが、眉唾《まゆつば》な情報も混ざってるな」

論文によると、大海原を進むと地平線まで続く巨大な滝にぶつかるという。そこを登った先には未知の大陸が存在することを仄《ほの》めかしている。

現在の航海技術はそこまで発達していない。つまり滝の上については著者の憶測だろう。

「こんなモンを今提出したら即座に叩き返されるぞ」

「けどロマンがあるじゃない。本当にそんな大陸があるのなら、いつか行ってみたいものね」

「ロマンじゃメシは食えねえぞ」

論文をひらひらとさせながら、ふとマクレガーは手を止めた。

「……少し気になったんだが、お前は大陸の外に出ても大丈夫なのか？」

マクレガーの言う大丈夫、とは、クリスタが船酔いするのではという類《たぐい》の心配ではない。

オルグルント王国を守護する聖女。クリスタを含めた五人で維持している『極大結界』に支障は無いのか、という意味だ。

「どうかしら」

言われてクリスタは顎に手を置いた。

「王国を出ても問題ないことは確認済なのよね」

「どうやって確かめたんだよ」

「自分で出たこともあるし、仲間の聖女にも協力してもらったわ」

聖女ソルベティスト。彼女は離れた場所でも一瞬で移動できる転移の能力を持っている。

その能力を使って他国に行ってもらい、そこで一週間過ごしてもらった。

結果、『極大結界』は何の支障もなく機能していることが分かった。

同様に、二人で地上二千メートル上まで離れたことがあったが、その時も『極大結界』に影響はなかった（完全に余談だが、これらの実験がバレて後にクリスタは大目玉を食らうことになった）。

大陸の外に出ても『極大結界』の維持は可能なのか。

今回も、試せばマリアに折檻《せっかん》されるだろう。

「今度、時間ができたら試してみましょう」

しかし一度浮かんできた疑問は解消しなければ気が済まない。それがクリスタという人間なのだ。

「いらんこと言っちまったな」

「なに言ってるの。こういう何気ない一言から偉大な研究のヒントが見つかるのよ」

浮かんだ疑問をメモに殴り書きする。日常のありとあらゆるものが、世界の真理を解き明かす種なのだ。

「『極大結界』しかり、『魔女の遊び場』しかり。魔法だって魔物だってまだまだ分からないことだらけだわ。それらをひとつひとつ解き明かすことこそが、私たち魔法研究所に属する者の使命なんだから」

ぐ、と握り拳《こぶし》を作って力説するクリスタを、マクレガーは半眼で眺めていた。

彼は知っている。一見すると立派な志を持っているクリスタだが、それこそが自分の趣味であり、真の目的のついでであることを。

「よくぞ言った！」

廊下の外から、突然大きな拍手が聞こえてきた。驚いてそちらを見やると、勢いよく扉が開かれる。

入ってきた人物は、この魔法研究所を統べる人物だった。

「所長？」

「クリスタ・エレオノーラ！　今の発言、大変に素晴らしかった！　私は今、とても感動している！」

「あ、どうも」

所長は涙を流しながら、クリスタの手を強く握り締める。

「君の天才的な発想の源泉、そして探求欲！　その根源はすべて魔法研究者としての飽くなき使命感によるものだったのか！」

「あの所長。どうして私の部室に？」

「いやなに。虫の知らせで君が討論会をすっぽかすのではないかと心配になり、様子を見に来たのだ」

「嫌ですね所長。私がそんなことするはずないじゃないですか」

「――と言いながら、前回は論文のフィードバックを聞く前に里帰りしていたように記憶しているが」

「あれはその、どーーーーーーーーーーーーしても外せない用事ができてしまいまして」

世界で一番可愛い妹・ルビィが実家に戻ると聞き、殴り書きのままの論文を提出してしまったことを思い出す。

あの時点ではまさか婚約破棄されたなどとは思っておらず、結婚前のルビィに会える最後のチャンスだと思っていた。

「……まあ、年に一度はそういう間の悪い時もある。君の研究者としての高潔な魂はたった今、しかと聞かせてもらった」

後ろでマクレガーが「そんなことないっすよ」と言わんばかりにぶんぶんと手を振っているが、所長はそれに気付かない。

「さあクリスタ。我々の手で共に魔法の、世界の謎すべてを解明しようではないか！　今日がその第一歩となるやもしれん！　君が出す常識のタガが外れた――こほん。常識に囚われない自由な議題を楽しみにしているよ」

「……どうも、ありがとうございます」

褒めているのか貶《けな》しているのか、かなり際どい言葉をクリスタに投げかけ、所長はその場を後にした。

「それではクリスタ・エレオノーラ。マクレガー・オースティン。また後で」

扉が閉まり足音が遠ざかってから、マクレガーは少し冷めてきたコーヒーを口に含んだ。

「相変わらずの熱量だな、あの人は」

「そうね」

クリスタを含め変わり種の多い魔法研究所を束ねているだけあり、所長もかなり個性が強い。研究に対しての情熱というか、そういうものにクリスタを始めとした研究者たちは圧倒されっぱなしだ。

「期待されちゃってるみたいだし、今日は一層気合いを入れて頑張りますか！」

よし、とクリスタが両手を握ると、扉の隙間から、ぱさり、と手紙が落ちてきた。

扉に近い位置にいたマクレガーがそれを拾い上げる。

魔法研究所に送られてくる手紙は一箇所に集められ、そこから各々が自分の分を探して持っていくという手法を取っている。クリスタのように私室を持っている研究者には、今のように気付いた者がついでに運んでくれることもある。

「ほらよ」

「ありがと」

差出人に目を向けると、クリスタは目を一気に輝かせた。

「ルビィからだわ！」

ルビィ・エレオノーラ。クリスタが世界で一番溺愛する妹だ。

クリスタは三ヶ月から半年に一度、実家であるエレオノーラ領に戻っているが、それ以外でも月に一度はルビィと手紙のやり取りをしていた。

離れた相手と会話ができる念話紙という道具がある。あれも実はルビィと離れていても話がしたいから頑張って作ったという開発秘話があった。

ルビィは魔法を使えないため、使用人の中で魔法が使える人物に持たせて決まった時間に話をする――という方法を用いていたが、クリスタがあまりにも頻繁に連絡を取るためコストが嵩《かさ》んでしまい、泣く泣く断念した。

「前回の手紙は十二日前だったわね」

「よく覚えてるな」

「もちろんよ」

間隔が長くなると何かあったのかと心配になるが、短い分にはいくら来ても問題はない。

セオドーラ領とシルバークロイツ辺境領での出来事以降、ルビィは見聞を広めたいと、いろいろなことに挑戦し始めた。

その影響か、手紙が送られてくる頻度が上がっている。クリスタにとってはこの上ないほど嬉しいことだ。

(先月は庭師に木の剪定を教えてもらって、その次はお菓子屋の手伝いをしているって言っていたわね)

くるくると踊りながら椅子に着席。「うきうき」という言葉が他人に幻視できそうなほど心を弾ませながら、クリスタは手紙を開いた。

世界一愛らしい文体で書かれた文字を目で追った瞬間。

「えええええええええええええええええええええ⁉」

クリスタは絶叫しながら椅子を引き倒して立ち上がった。

「なんだよ急に絶叫して」

マクレガーはぼんやりした顔でクリスタを見やる。彼女が奇行に走ることにはもはや慣れているので、少々の事では驚いたりはしない。

「これ見て！」

「見えねえよ」

ぺちん！　と手紙を顔に押し付けられたマクレガーは抗議の声を上げる。

クリスタの手から手紙を受け取り、それを顔から離して内容を確かめる。

「どれどれ」


〜〜〜〜〜〜〜〜〜〜

お姉様へ
間を空けずに手紙を出してごめんなさい。
お菓子屋さんのお手伝いはとっても楽しかったけれど、間食が増えてお腹がぷにぷにしてきたので辞めました……（あの環境で働くには、想像を絶する忍耐力が必要ですね）
次に何をしようか考えていたところ、ちょうど魔物討伐の募集が出ていました。
少し怖いですけど、思い切って応募してみました！
私にできるか分からないですけど、やる前からできないって決めるのはよくないことですよね！

何事もまずは挑戦です！

そんなわけで今日から馬車で北東の『極大結界』の穴――ルトンジェラ地方に向かいます。

お姉様、見守っていてください。

ルビィより

～～～～～～～～


「なるほど」

読み終わったマクレガーは事情を察した。

ルビィが魔物討伐に挑戦した。妹を溺愛するクリスタが絶叫して床をのたうち回るのも頷ける。

「確かに『挑戦したい職業リスト』の中に傭兵とかも入っていたけれど、その前にもっと安全でルビィ向けのものがたくさんあったじゃない！　どうして全部すっ飛ばして傭兵を選んじゃったのぉぉぉ⁉」

「思い切りがいいな」

「良すぎるわよぉぉぉ！　どうして、どうしてなのルビィィィィィ！」

（そりゃ、お前の妹だからだろうな）

口には出さなかったが、マクレガーは二人が姉妹であることを強く認識した。

「メイザもなんで止めなかったの⁉　あの子なら結界の外がどういうところか知ってるはずなのに！　……あ、そうか。私が『ルビィのすることは叶えてあげて』ってお願いしたから……あああ

あああぁ」

汚れた床を転げ回るクリスタ。机にぶつかった衝撃で絶妙なバランスを保っていた書類が雪崩を起こして滑り落ちる。

それを眺めながら、マクレガーは尋ねた。

「お前の妹、戦った経験は？」

「あるわけないわよぉぉぉぉ」

「だったら非戦闘員に回されるだろ。この時期の募集ってことは派遣労働者だろうし。働くといっても二、三週間のことだろ」

「けれどルトンジェラよ⁉　何が起きるか分からないわ！」

オルグルント王国に四箇所存在する『極大結界』の穴。

ルトンジェラはその中で大陸中央に近く、最も危険度が高い。

非戦闘員であろうと万が一の事態は十分に考えられる。

「そんなに心配なら追いかければいいじゃねぇか。討論会が終わった後なら……まあ二、三日遅れで追いつけるだろ」

〝討論会が終わった後なら〟

「――それよ！」

クリスタはマクレガーの言葉に天啓を授かり、顔を上げた。

「今から行けば間に合うわ！」

「は？」

クリスタはすっくと立ち上がる。そこに迷いはなかった。

「ありがとマクレガー。珈琲ごちそうさま！」

ぽかんとしたマクレガーを置いたまま、クリスタはすぐさま部屋を飛び出した。

「おい、行くって。討論会は？」

「代わりに頼むわ。資料は机の上に置いてあるから」

「無茶言うな。資料があろうがお前の代わりなんて――って、おい！」

静止を振り切り、クリスタは廊下を駆け出した。

角を曲がると、所長の背中が見えた。

「おやクリスタ。君もこれから朝食かね？　しっかりと脳に栄養を行き渡らせて討論会に挑むその姿勢、大変に素晴らしい！」

「すみません、急用ができました」

「なに⁉」

驚愕に顔を歪《ゆが》める所長の横を通り過ぎ、クリスタは出口へと急ぐ。

「待たんかクリスタぁ！」

「待てません。ルビィの危機なんです」

「先程の研究者としての使命はどうした⁉」

「もう忘れました」

「またか⁉　また妹なのか⁉　私の感動を返せ！」

「すみません。時間がないので私はこれで」

「待てぇ！　この……この、シスコンがぁッ！」

聖女の力で身体を強化するクリスタの速度に所長が追いつけるはずもなく。魔法研究所を出てしばらくすると、クリスタを呼び止める声は聞こえなくなった。

クリスタには神秘を解き明かす魔法研究よりも、国を守護する聖女よりももっと大事な命題がある。

ルビィ。妹のためなら研究者の使命だろうと聖女の使命だろうと喜んで道端に捨てる。

クリスタにとって妹以上に優先すべきことなど、この世に存在しないのだから。

二　完璧な作戦

聖女の『極大結界』はオルグルント王国を魔物の脅威から護る要《かなめ》だ。しかしそれは完全ではない。

四方には結界の穴が空いており、魔物はそこから内部へ侵入できる。

聖女の力が及ばず王国全土を『極大結界』で覆えない……という訳ではない。

結界の穴は、あえて空けているのだ。これには様々な理由がある。

一つ目の理由は国際的な非難を避けるため。

ミセドミル大陸は魔物の支配領域が広い。よって魔物の討伐はすべての国が背負うべき問題だ。

そんな中、オルグルント王国だけが『極大結界』で魔物の禍《わざわい》から逃れていれば……当然、他の国はいい顔をしない。余計な反感を買わないためにも一定数の魔物は受け入れ、間引く義務がある。

二つ目は魔物の侵入経路を限定するため。

魔物達がオルグルント王国に侵入するためには結界の穴を通る必要がある。そこに戦力を集中させることで分散を防ぎ、効率的に魔物を処理することができる。

三つ目の理由は経済を回すため。

魔物を屠《ほふ》る傭兵、武器を供給する鍛冶屋、薬草を調合する薬屋、小道具を提供する道具屋、討伐した素材を買い取る諸々の業者、傭兵を取りまとめるギルド。

魔物の討伐を中心として、一つの経済圏が形成される。

『極大結界』を完全なものにするということは、彼ら全員の仕事を奪うも同義だ。

四つ目の理由は、仕事にあぶれた者への救済。

三つ目と理由は被るが、魔物討伐という仕事があれば職にあぶれた者たちに傭兵、あるいはそれを手助けする仕事を与えられる。

現在の貨幣制度では金が無ければ生きることは難しい。金を稼ぐには働くか、奪うかしかない。路頭に迷いそうになったなら、とりあえず結界の穴に行けば仕事はあると知らしめることで蛮行《ばんこう》に及ぶ者を救うことができる。

五つ目は聖女の意義を知らしめるため。

定期的に聖女が視察に向かうことで教会の、聖女のありがたみを理解させようというものだが……これが機能しているかは微妙なところだ。

他にも色々と理由はあるが、要するに『極大結界』を不完全にしておくだけで良いことがたくさん転がってくる。だから空けている、という単純な構図だ。

魔物は人間にとって脅威だ。しかし、同時にいくつもの恩恵をもたらしてくれる。経済圏然《しか》り、素材然り。それを完全に遮断して国力を維持できるほど、そして国家間の情勢を無視できるほどオルグルント王国は強くない。

そういった諸々の理由から、『極大結界』の穴は存在している。

南東――ネリーウィ地方。

南西――バランマーウィ地方。

北西――ランローズ地方。

北東――ルトンジェラ地方。

北東のルトンジェラ地方は大陸の中央に近いこともあり、最も危険な結界の穴として有名だった。

▼　▼　▼

「ベティ……お願い、出て……！」

文字通り風を切る速さで王都を移動するクリスタ。走りながら、念話紙に魔力を通す。

先程からソルベティストと連絡を取ろうとしているが、いくら使っても応答はない。

聖女の力を転移に『拡大解釈』するソルベティスト。彼女は国内のあちこちを文字通り『飛び回って』いる。彼女の協力が得られれば遠く離れた場所への移動時間は――場所によるが――ほぼ無にできる。

ただ、その能力故に念話紙でも繋がらないことがままある。高度な訓練を受けた伝書鳩ですらソルベティストを見つけられず戻ってきてしまうほどだ。まさにその名に恥じぬ神出鬼没ぶりと言えた。

一度こうなってしまうと、向こうから尋ねて来ない限り連絡は取れない。

「私も召喚札を残しておくべきだったわ……！」

セオドーラ領の元領主・ウィルマが使用していた召喚札。あれを持っていればソルベティストを呼び出すことができる。色々と欠陥が多かったので廃棄してしまったが、一枚でもあれば諸問題は解決できていた。

「あああ、ルビィ……早まらないで……！」

ルビィが挑戦したいと言ったことは最大限叶えてあげたいところだが、さすがに魔物討伐は気軽に「ええ、頑張ってね」とは応援できない。

やるならばせめて自分の目の届く範囲で。それがクリスタにできる最大限の譲歩だった。

自分の与り知らない場所でルビィが魔物討伐に挑戦する。

もし攻撃が当たらず、魔物の反撃に遭ったら――。

もし魔物の気配を捉えられず、奇襲を受けたら――。

もし、もし、もし――いくつもの最悪の結果が嫌でも浮かんでしまう。

「あああああああああ」

その光景を想像しただけでクリスタは髪を掻きむしりながら暴れ狂い、卒倒してしまいそうになった。というか、なっている。

「しっかりしなさい、私」

クリスタは自分の頬に聖女パンチして朦朧《もうろう》としかけた意識を覚醒させた。

「焦っちゃ駄目よ。まだ猶予はあるんだから」

頭の中で王国内の地図を開く。

ルトンジェラ地方は実家・エレオノーラ領よりも王都の方が近い位置にある。

手紙が届くまでの時間差を考慮してもルビィはまだ現地に到着していないはずだ。馬を乗り継げば早く辿り着ける可能性は十分にある。

「慌てるような時間じゃないわ。そうよ、冷静に――」

深呼吸をしてから、クリスタは次の手に打って出た。

向かった先は教会だ。大聖堂の扉を蹴破らんばかりに開くと、祈りを捧げていた神官たちが一斉に振り返った。

「――これはこれは聖女クリスタ様。このように朝早くから教会にお越しになるとは、ようやく神の偉大さにお気づきに――」

「先を急ぎますので」

いつものように神の銅像の前でたむろしていた神官たちの横を、平時の倍の速度で通り過ぎる。

普段以上に素っ気ないクリスタの態度に、背中から「なんだあの女は！」とか「どうして神はあのような者を聖女に」という声が届いたが、急ぐクリスタの耳には入ってこなかった。

向かった先は教会の資料室だ。礼拝参加者の人数や信者の増減といったものから、各地に出没する魔物に関するものまで、数多くの資料が保管されている。

機密性の高さゆえ、限られた一部の人間しか入ることを許されていない。聖女は、その限られた一部の人間に該当していた。

クリスタがノブに触れると、がちゃりと音がしてひとりでに鍵が開く。特殊な魔法が施されており、入室資格のある者が触れるとこのように鍵が自動で開く仕組みになっている。やや埃っぽい室内には頑強そうな鉄製の本棚が並んでおり、過去五年分の様々な記録がぎっちりと収められている。

ここの保管期間を過ぎたものは地下資料室――この間、マリアに罰として整理を命じられた場所だ――に適宜移動されているので、常に新しい資料だけを参照できる、という訳だ。

この中には、結界の穴が現在どのような状態になっているかの資料も含まれていた。

「ルトンジェラ地方は……あった」

本棚から目的の資料を取り出し、それを開く。

結界の穴にやってくる魔物には一定の周期のようなものが存在しており、時期によって魔物の数や質は変化する。

比較的危険度の低い魔物しか出ない『安定期』と、危険な魔物が降りてくる『活動期』、そのどちらでもない『中間期』。それらが代わる代わるやってくる。

もちろん危険度は安定期→中間期→活動期の順に高くなる。

「今の時期は――良かった、安定期ね」

安定期なら危険度の高い魔物に遭遇する確率はぐっと低くなる。ルビィが討伐できるような種がいるかは疑問だが……とりあえず安全度は格段に上がった。

とはいえ、向かう先はルトンジェラだ。安定期であっても油断はできない。

ただ、クリスタはもう一つの安心材料を資料の中で発見していた。

「これは嬉しい誤算だわ」

聖女の仕事の一つに、結界の穴への視察というものがある。『極大結界』の穴から侵入してくる魔物と日夜戦う傭兵たちを労い、鼓舞するというものだ。

今回、タイミング良くルトンジェラ地方に向かっている聖女がいた。

彼女は危険の多い場所で人々を守るために打って付けの能力を持っている。協力を乞えばルビィの守りは完璧だ。

「急いで行けば、現地入りする前に追いつけるわ！」

クリスタは資料を放り出し、ルトンジェラに向かっているであろう聖女が辿る道筋と、そこに追いつく手順を頭の中で組み立てた。

「頼りにしてるわよ――エキドナ」

扉を開け放ったまま、クリスタは教会を飛び出した。

▼　▼　▼

「あんがとな、オバちゃん。メシ美味かったよ」

「そりゃあ良かった！　口に合って何よりだよ」

ルトンジェラ地方にほど近い小さな村で、赤毛の少女は宿の女将《おかみ》と楽しげに会話をしていた。

燃えるような赤毛以外は容姿に特徴的な部分はなく、目付きの悪い三白眼だけが妙に浮き立っている。しかし表情は温和で、思わず気軽に話しかけてしまう雰囲気を纏《まと》っていた。良く言えば取っつきやすく、悪く言えば平凡。そんなどこにでもいる少女。

彼女こそ、五人の聖女の中の一人・エキドナだった。

「はいこれ、道中のおやつ」

「おおっ、サンキュー」

「お勤め頑張ってね、聖女さま」

「聖女様！　何卒ルトンジェラをよろしくお頼み申します！」

「聖女殿！」

「あぁー。はは、頑張ってくるよ」

エキドナが手を上げると、村人たちは歓喜にむせび泣いていた。

「聖女様万歳！」

見送りに手を振り終わり、姿が見えなくなってからエキドナはふかふかなソファに腰を下ろした。

宿の女将と会話していた時とは打って変わり、その表情は憂いに満ちていた。

「はぁ。いつまで経っても慣れねえなぁ」

嘆息と共に馬車の中で独り言ちる。

聖女様。

そう呼ばれることに、エキドナはいつも違和感を覚えていた。

「そんな大層な呼ばれ方していいヤツじゃないんだけどな。あたしは」

貰ったおやつ——小麦粉を甘く焼いた菓子だ——を手のひらで弄《もてあそ》びながら、エキドナはぼやいた。

もともと、彼女は寂れた村の出身だった。のほほんとした村の住人たちと穏やかな両親に囲まれ、貧しいながらも楽しく畑を耕しながら暮らしていた。

そんなどこにでもいる少女が、突然聖女に選ばれた。歴代の聖女たちはそれぞれ何らかの秀でた能力を持っていたらしいが、エキドナには本当にそんなものは一つもない。

あまりに平凡すぎたため、教会に連れて行かれた後も「神託は本当なのか」「何かの間違いでは」「同名の別人を連れてきたのでは」と何度も確認を取られたことを思い出す。

「教会上層部の爺さん婆さんらが慌てるのも無理はねーよな。本当にただの村人だったんだから」

はぁ、とエキドナは何度目か分からないため息を吐いた。聖女の勤めの最中、一人になるとため息が増えることは自覚していたが、それでも止められない。

「クリスタみたいな天才でもなけりゃ、マリアみたいに使命感に燃える訳でもない。ベティみたいに信念を貫くわけでも、ユーフェアみたいに自由に生きる訳でもない。何もかも中途半端なんだよな、あたしは」

聖女になったからと言って何かが変わった訳ではない。せいぜい村始まって以来の快挙だとみんなに喜ばれたこと、両親に楽をさせられたこと、あとは王都への移動を楽にするため自分用の家を建てたことくらいだ。

未だに大きなお金を使うことを躊躇《ためら》うし、誰かに敬われることにも慣れていない。当然ながら今乗っているような高級な馬車を独り占めすることにすら抵抗感がある。王都で出される料理は高級すぎて喉を通らない。

高すぎるものより、先程まで過ごしていた素朴な宿の食事の方がよほど美味と感じる。

聖女という立場になってもなお、エキドナの心は生粋の村人のままだった。

「――って、このままじゃダメだな。しっかり気を引き締めないと」

頬を叩き、頭の中で渦巻く靄《もや》を追い払った。

「あたしが担ってる割合なんてたかが知れてるけど、せめて聖女の名に恥じないようにしとかないとな」

聖女の扱いは地域によって差があり、大別すると三つに分けられる。

王都周辺は教会が睨みを利かせているため、貴族――あるいはそれ以上の待遇を受ける。

内縁部の一部では、税金泥棒と陰口を叩かれる。

そこから外縁部に行くにつれ、聖女は神聖視されていく。特に、結界の穴付近はそれが顕著になる。魔物の脅威に晒されているそれらの地方では『極大結界』の、ひいては聖女の重要性を身を以て実感しているためだ。

ルトンジェラ地方では特に聖女への崇拝の念が強い。妙な粗相をしてそれに泥を塗るわけにはいかない。

「国を守護する聖女として結界の穴の視察に向かっているんだ。しっかりやれよ、エキドナ」

胃がキリキリと痛みを訴え始めるが、エキドナはそれを無視して顔を引き締める。

決意を固めたそのとき——窓の外から、ほんの一瞬影が差した。

一頭の馬が通り過ぎた際、入り込んでくる光を遮ったのだ。それ自体はさして珍しいことではない。

馬車よりも馬単体の方が速いのだから、追い越しがあって当然だ。

しかし、その馬が馬車を通せんぼするように止まることは珍しいどころの話ではない。

「うおっ」

急停止に煽られ、エキドナは危うく壁に頭をぶつけそうになった。

「何なんだよ一体」

反聖女派に絡まれでもしたのだろうかと、エキドナは窓枠からこっそりと様子を窺った。

馬を使って通せんぼをしたのは、エキドナのよく知る人物だった。

「クリスタ?」

同僚聖女の突然の乱入に、エキドナは三白眼を丸くさせた。

「間に合って良かったわ」

馬車の扉を開くと同時に、クリスタはエキドナを包むように抱きしめた。

「急にどうした？　何かあったのか？」

エキドナの肩に手を置きながら、クリスタは真剣な声音で告げる。

「協力してほしいの」

▼▼▼

「――というわけで、ルビィの様子を見守りたいから私もルトンジェラ地方に同行するわ」

「何がというわけだ」

馬車に乗り込んできたクリスタから事情を聞いたエキドナは、いやいやと手を振った。

「真剣な顔で言ってくるから何事かと思えば……またルビィか」

「ルビィだからこそ真剣なのよ」

「あのルビィが魔物討伐？　実地試験前に門前払いされるだろ」

ルトンジェラへの派遣が決まったからといって全員が魔物討伐に参加できる訳ではない。かの地を統括する人物はクリスタもエキドナも知己だが、わざわざ犠牲者を増やすような愚は犯さない。戦闘経験者であっても、基準に満たなければ容赦なく後方支援に回す人物だ。

「お前がわざわざ行かなくてもルビィなら雑用に回される。それなら安全だろ。今は安定期だし。もしまかり間違って魔物討伐に行こうとしたらあたしが止めてやるよ」

「それは分かっているわ。けれど心配で心配で、このままだと業務にあり得ないほどの支障を来《きた》してしまうの。だからせめてルビィがいる間はすぐに助けられるところにいたいの」

「母親かよ」

「違うわ。姉よ」

「そういう話じゃねーよ。ったく……いいか？　落ち着いて聞け」

エキドナはクリスタの両肩に手を置き、心持ちゆっくりと語りかける。

「聖女規則。結界の穴に二人以上で行ってはならない――覚えてるよな？」

「もちろん」

『極大結界』はオルグルント王国の守護の要だ。当然それを管理する聖女は重要な存在。

一箇所に集まって狙われてしまう――といった事態を未然に防ぐため、みだりに集合しないようにと言われている。

安全な国内でも三人以上で集まる場合は許可が必要になり、結界の穴付近はさらに制限が厳しくなる。よほど特別な事情が無い限り、一人しか近付くことは許されていない。内地と違い、死の危険が付き纏うためだ。

一人の聖女が死んだだけならまだ他の四人で十分にカバーできる。だが二人を一気に失えばその負担は計り知れない重圧となって他の聖女にのし掛かる。

今回の場合、ルビィが――というよりも聖女が二人、結界の穴に行くという事態の方に比重が傾いてしまう。

「なら、あたしの言いたいことは分かるよな？」

「ええ」

「分かってくれたか」

安堵するエキドナに、クリスタはにこりと微笑んだ。

「要は死ななければいいってことよね」

「分かってなかったか」

「大丈夫、私より強い魔物なんていないし」

「そんなことをサラッと言えるのはお前だけだぞ」

クリスタがありとあらゆる魔物をパンチ一発で葬り去ったという逸話は各結界の穴で語り継がれている。こういった武勇伝は基本的に尾ひれが付くものだが、彼女の場合はそれが誇張ではないことをエキドナは知っていた。

実際に何度も目の当たりにしているし、数々の『実験』を通し、クリスタの魔力量が規格外であることも知っている。

聖女の『極大結界』を支える魔力の負担割合は均等ではない。多い者は多く、少ない者は少なくが基本だ。

この割合は一時的に変更することができる。聖女といえど人間。女性である以上、どうしても体調が悪くなる日は嫌でも巡ってくるし、事情があって負担できない場合もある。

クリスタがセオドーラ領に殴り込みをかけた時が良い例だ。あの時のように当事者同士で相談すれば割合の変更はできる。

あの日、エキドナはクリスタの分まで『極大結界』を肩代わりしたが、たった一日負担しただけでしばらく寝込む羽目になった。

それだけの魔力を常時負担しながら、クリスタにはまだまだ余力が残っていた。

エキドナがクリスタのことをたびたび「魔力オバケ」と冗談めかして言うが、それは純然たる事実なのだ。

「この間マリア婆さんに怒られたところだろ。今度バレたら本当に吊し上げられるぞ」

ウィルマ・セオドーラへの私刑を発端にしたセオドーラ領の壊滅。シルバークロイツ辺境領で見合いの同席から他国からの侵略阻止……と、その黒幕だったウィルマへの私刑。ルビィのためと言って二度ほど大立ち回りをしたクリスタは、両方ともマリアから折檻を受けている。

妹を思うその気持ちはよく分かるが、それでも度を越えていると言わざるを得ない。

「それについても問題はないわ」

「どういう意味だ？」

「ふふ……私がそう何度も何度もマリアから黙って折檻を受けるような人間に見える？　ちゃんと学習しているのよ」

「……」

そうは決して思えなかったが、エキドナはとりあえず話を最後まで聞くことにした。

「今回は対策を持ってきたわ。これを見て」

クリスタは持っていた荷物をひっくり返した。金属音を鳴らし、それらが姿を見せる。

「鎧？」

袋の中から出てきたのは甲冑だった。がっちりと目元まで守るフルフェイスタイプのものだ。中古品のようで、ところどころに汚れが見えた。

「これがどうしたんだ。ルビィに被せるのか？」

「いいえ。ルトンジェラにいる間、私はこれを着ておくわ」

エキドナはすぐにクリスタの意図に気付いた。

「顔を隠すためのカムフラージュ用ってことか」

こんなものを着るまでもなく、クリスタには【聖鎧】という鎧がある。鉄を紙クズのように容易く斬り裂く魔物の爪だろうと、彼女には傷一つ付けることはできない。

防御目的でないのだとしたら、顔を隠すためとしか思えない。

「そういうことよ。こうして――」

すぽ、と兜《かぶと》を被るクリスタ。

「装備しておけば誰だか分からないでしょう？」

「まあ……そうだな」

鎧は大きめのサイズで身体の凹凸も分からなくなる。こんな厳《いか》ついものを被った人物が女――しかも聖女とは誰も思わないだろう。

「これに身を包んでおけば私――クリスタがいたという事実は残らない」

兜を被ったまま、クリスタは両手を腰に置いて高らかに笑う。

「こうして顔を隠しておけばマリアにバレることなくルビィを陰から見守ることができる！　これが今回の完璧な作戦よ！」

「……まあ、何もしないよりはマシか」

完璧かどうかは微妙に首肯しかねるエキドナだったが、こうなったクリスタにいくら言っても無駄ということをよく分かっていた。

普段のクリスタは理論理屈が通っていればすぐに納得してくれるが、ルビィが絡むとすべてが破綻する。

「分かった。ついてくるのは構わねーよ。ただ、仕事の邪魔はすんなよ」

「もちろんよ。無理を聞いてもらっている以上、手伝わせてもらうわ」

「別にいいよ。ルトンジェラとはいえ安定期ならあたし一人でも十分だ」

そこまで話をしてから、ふとエキドナは首を傾げた。

「そういや、危ないところにルビィが行こうとしてるのに、見守るだけで止めないんだな」

「連れて帰りたいのはやまやまだけどね」

クリスタは兜を外し、窓の外を流れる景色を眺めた。

「けど、あの子が自分で考えて決断したことだもの。私が手を出してしまえばそれは成長を妨げることになるわ」

「その決断が間違っててても?」

「間違うことは悪いことじゃないわ。それは次の成功への糧になるんだから」

ルビィは今、成長しようと藻掻いている。

痛みなくして成長なし。いくらルビィを守るためとはいえ、それを止めることはクリスタの姉道に反していた。

「要は致命傷を避けられればいいのよ。少し転ぶくらいであの子はもう泣かないわ」

「……このシスコンめ」

「悪い？」

「前も言ったけど、聖女としては最低だな。けど、姉としては最高だ」

窓の外の景色が移り変わる。

――間もなく、二人を乗せた馬車はルトンジェラ地方に到着する。

「ところでお前、今日は外せない用があるとか言ってなかったか？　トーロンカイとか何とか」

「大丈夫よ。代わりを頼んだから」

「それって交代できるものなのか？」

「大　丈　夫　よ」

クリスタは何の問題もないことを強調した。

――実際は大丈夫ではないのだが、魔法研究所の内部事情をエキドナが知るはずもなく、クリスタが自信に満ちた目でそう断言する以上は納得するしかなかった。

三　扶翼の聖女

「ようやく到着だ」

ここまで運んでくれた御者《ぎょしゃ》に礼を言いつつ、エキドナと甲冑を装備したクリスタは馬車を降りた。

伸びをする間もなく出迎える姿があった。

ルトンジェラの傭兵たちだ。彼らは膝をつき、エキドナに平伏している。

「聖女エキドナ様。此度の遠征、この地を預かる代表として深く感謝を申し上げます」

「……マーカスのおっさん。あたしにそういう堅苦しい挨拶はやめてくれって言ってるだろ?」

「いやすまん。のっけからいつもの調子で接したら、いつかマリア殿が来たときにやらかしそうでな!　はっはっは!」

ひらひらと手を振るエキドナに、頭《こうべ》を垂れていた男は顔を上げて唇の端を持ち上げた。

使い込まれた無骨な鎧に身を包むその姿は、まるで物語に出てくる歴戦の傭兵のようだ。

彼の名前はマーカス。このルトンジェラを長きに渡って支えている傭兵ギルドの長だ。

「『扶翼《ふよく》の聖女』が来てくれるとは実にありがたい」

「その名前で呼ぶなってての」

「照れるな。ところで……そこのデカいのは何だ?」

マーカスは訝しげに甲冑を着込んだ見慣れぬ人物(クリスタ)を見上げた。

「ああ。こいつはクリ……クリス。あたしの護衛みたいなもんだ」

喉に小骨がひっかかったような説明をしながら、エキドナ。

「聖女に護衛?　そういう制度が増えたのか」

「正式じゃないけどな。試験運用みたいな感じに思っててくれ」

「ここに適した装備には思えんが。甲冑よりも軽鎧を勧めるぞ」

「こいつは平気だよ。こう見えて頼りになるんだ。実力はあたしが保証する」

「そうか……エキドナがそう言うなら」

首を傾げながらも、マーカスは納得してくれた。

「長旅で疲れているだろう。今日はゆっくり休んでくれ」

「ありがと――と、その前にちょっと聞きたいんだけど。最近募集した派遣人員の中にルビィって女の子がいなかったか？」

「ルビィ……確かにいたな。まだ到着はしていないが、明日には――」

「ギルド長ッ！」

会話を遮り、伝令が割り込んでくる。彼はマーカスに素早く耳打ちをしたのち、こちらに会釈《えしゃく》してすぐにその場を離れた。

「――すまない。今しがた休んでくれと言ったばかりだが、早速力を貸してもらいたい」

飄々とした雰囲気を引き締め、マーカスはエキドナに向き直る。

どうやら聖女の力が必要な緊急事態のようだ。

「もちろん。そのために来たんだからな。行くぞクリスたゴホンゴホン！　く、クリス」

「……」

わざとらしい咳払いをしながら、エキドナはクリスタが着込んだ甲冑の胸の部分を叩いた。

▼　▼　▼

ルトンジェラはいくつかの区域に分かれている。

エキドナたちが案内された場所は治療区と呼ばれていた。魔物との戦闘で怪我をした人々の治療と介護を担当する区域だ。治療区の中でも、怪我の度合いによりさらに細かく区分けされている。

「こっちだ」

一番奥のテント。最も重傷を負った者が運び込まれる場所だ。

その中に入るなり、エキドナは顔をしかめた。

「ひでぇなこりゃ」

ベッドに寝かされているのは、息も絶え絶えの傭兵たちだった。武器が全員違う――それぞれ傍に剣、弓、盾、杖が掛けられている――ところを見るに、四人で一組のパーティなのだろう。

（……咬傷《こうしょう》と皮膚の変色。何人かは絞められたみたいに骨折しているわね。蛇系の魔物の仕業かしら）

エキドナの傍らで傭兵たちを観察しながら、クリスタは傷を負わせた魔物の姿を想像する。

人を噛み、毒を吐き、絞め上げる。これらの傷を負わせる魔物で該当する相手といえば、蛇くらいしか思いつかない。

全員、どうして生きているのか不思議なほどの瀕死状態だ。

「せ――聖女様！　皆、どんどん心音が弱くなっているんです！　私たちでは解毒が間に合いません！」

慌ただしく彼らを治療していた治癒師が、エキドナを見た瞬間に泣きそうな声を上げる。解毒薬と魔法で毒を抑え込もうとしているが、変色した皮膚の面積はどんどん広がり続けている。

「手伝ったほうがいい？」

クリスタは他の人に声が聞こえないよう、エキドナに耳打ちした。

彼女は首を横に振った。

「いやいい。任せろ」

エキドナはその場で膝を折り、胸の前で両手を合わせた。目を閉じ、小さく——祈りの言葉を口ずさむ。

「【清浄の凱歌】」

「み、見て！　みんなの毒が……！」

エキドナの身体から溢れる光が傭兵たちを包み込んだ瞬間——皮膚の変色がピタリと止まる。それどころか、変色した部分がみるみるうちに小さくなっていく。

僅か五分にも満たない時間で、全員の肌は元の色に戻った。エキドナが祈りの姿勢を解いても毒が進行する様子はない。

「よし。解毒完了だ。次は傷を治す」

「え、もう解毒を……⁉」

治癒師が驚く間もなく、エキドナはもう一度祈りの姿勢を取る。

「【快癒の賛歌】」

再び光が溢れ出し、今度は開いた傷や曲がった骨がゆっくりと——だが確実に元に戻っていく。

エキドナが治療する様を眺めながら、クリスタは胸中で舌を巻いていた。

(多人数の同時治療。やっぱりすごいわね)

人間の魔力は、総量以外にも様々な要素を含んでいる。離れた相手に効果をもたらす。同時に複数を対象にできる。消費した魔力の回復速度——等。それらは魔力の多さとは別に得意不得意がある。

クリスタは魔力量こそ歴代聖女の中で最高と言われているが、逆に言えばそれだけだ。多さと回復速度が際立っているだけで、それ以外の要素は無いに等しい。彼女が使う聖女の技に離れた相手に作用するものが無いのはそのためだ。

物凄く無理をすればできなくはない。ただその場合、魔力消費が恐ろしいことになる。

エキドナが一の魔力でできることをクリスタがやると百かかってしまうのだ。

三メートル。

それが、クリスタが離れた相手に及ぼせる限界ギリギリの距離だった。

エキドナの魔力値は並程度だが、クリスタでは絶対にできない緻密で繊細な魔力操作が可能だ。

(すごいわ。興味深いわ)

クリスタはエキドナの力を見るたび、いつも驚きと尊敬——そして、多大な興味をそそられていた。

もし、エキドナの能力を何らかの触媒に封じ込め、召喚札のようなものを作ることができたなら。

魔物の被害を受けるものは激減するだろう。

「よーし、完了だ」

ふぅ、と汗をひと拭いするエキドナ。

ベッドの上には、ただ寝息を立てて眠っているだけにしか見えない傭兵たちが並んでいる。その寝顔はほんの三十分前まで生と死の狭間にいたとは思えないほどだった。そう言って信じる者が、果たしてどれほどいるだろうか。それほどに劇的な変化を見せていた。

「……す、すごい。すごすぎる」

治癒師はただただ、完治した傭兵たちを呆然と眺めていた。

「他に怪我人は？」

「あ、えっと……中傷が八人、軽傷が二十人います」

「この際だ。全員やっといてやるよ」

「全員⁉」

目を見開く治癒師を放置し、エキドナは治療区の怪我人全員を治療して回った。

小一時間ほどで、傷の痛みにうめく人々は完全にいなくなった。

「お疲れ様。相変わらずすごいわね」

「お前に褒められても嫌味にしか聞こえねーよ」

「……本当にすごいから言っているのに」

聖女を含め、治癒魔法は基本的に一対一でしか使えない。範囲を広げることもできるが、その分効果は分散していく。

しかしエキドナは複数人を治療しても効果が弱まることはない。

この能力により、エキドナは治癒師十人分以上の働きが可能だ。彼女にとって治療区全員の怪我を治したことも言葉通り「ついで」でしかない、というわけだ。

これはエキドナにしかできない、文字通り奇跡の力だ。

しかし彼女は決して驕《おご》ることも、誇ることもしない。

「すごくなんてねーよ。あたしは単なる村人だからな」

ただ小さく笑い、肩をすくめるだけだ。

▼▼▼

「本当に助かった。ありがとう」

治療が終わり案内された宿の中で、エキドナはマーカスに深く頭を下げられた。

「礼なんていいよ。これがあたしの仕事なんだから」

「重傷のパーティー以外も治療してくれたと聞いているぞ」

「あんなのはついでだ」

エキドナの広範囲ヒールのおかげで治療区のベッドはいま、ほぼ空になっている。

「立て続けに怪我人が出ていて困っていたんだ。本当にありがとう」

「なんだ、みんな気が緩んでるのか？」

エキドナは怪我人が多いというマーカスの言葉を指摘した。

「安定期だからって油断大敵だろ」

「安定期。そのはずなんだがな……」

歯切れ悪く答えるマーカスにエキドナは顔を上げた。

「何か異変があったのか？」

「どうにも最近、魔物の数が増えていてな」

安定期であるはずなのに、魔物の数は増加傾向にあるという。

「新種の魔物も大陸中央から降りてきている。既に何種類かと遭遇し、交戦した」

「それで怪我人が多かったのか。全部仕留めたのか？」

「一体だけまだ残っている。例の重傷のパーティーと遭遇した魔物だ」

その魔物は先程エキドナが治療した四人パーティーが命がけの特攻をしたことにより、退けることには成功していた。

ただ、逃げた先は結界の外ではない。『極大結界』内部の、森のどこかだ。

「傷を見た感じ蛇っぽかったな」

「そうだ。幅一メートル、全長は五メートルをゆうに超える大蛇の魔物だ。毒を吐き、人間も家畜も絞め上げて丸呑みにしちまう」

新種の魔物が今まさに、この付近に身を潜めている。

その事実にクリスタは頭を抱えた。

（最悪だわ……ルビィがこれから来るっていうタイミングで）

ルビィを含めた補充要員はまだ到着していない。

馬を何頭も交換して最高速度を維持したおかげで早くルトンジェラへ来られたことにクリスタは感謝した。

安定期であろうと容赦なく襲いかかる魔物の脅威。クリスタがいる今、それを黙って見過ごす訳にはいかなかった。

（ルビィが来る前に仕留めないと！）

危険な芽は早めに始末しておくに限る。

ただ、出現した魔物が新種という点が少しだけ引っかかっていた。

魔物の多くは研究が進み、ある程度の対処法が確立している。しかし新種はどういう脅威を持っているのか未知だ。これまでと同じ姿形《すがたかたち》をしていても、行動や攻撃方法が全く違うことも当たり前のようにある。それ故、危険度は通常よりも桁違いに高い。

クリスタが戦って負けるということはないが、倒すまでの時間はどうしてもかかってしまう。

（前に遭遇した激硬スライムみたいな厄介なヤツじゃなければいいんだけど）

以前、クリスタがルトンジェラに来たときはちょうど活動期で、見たことのない新種の魔物と数多く遭遇した。

その時、一番厄介だったのが硬質化したスライムだ。

あらゆる魔物を一撃で葬り去るクリスタのパンチですら表面が凹みさえしないほどの硬度を誇っており、ありとあらゆる技を試してもけろりとした様子だった。

悩んだ末、クリスタは倒すことを諦めた。

硬質化の影響か、そのスライムは手のひらに収まるサイズだったので、ボールに見立てて海に投げ捨てたのだ。

（他にも色々いたわね。土の中を泳ぐ魚とか、空を飛ぶ土竜《もぐら》とか、高速で回転突進してくる亀とか）

大陸中央に近いここルトンジェラでは、そういった新種の魔物が出現する確率が他の結界の穴に比べて段違いに高い。

前線を突破され、非戦闘区域まで被害を受ける――なんてことも十分に考えられる。

もし、たまたまそこにルビィが居合わせたりしたら……最悪の未来を想像して、クリスタは顔を青ざめさせた。

（ダメダメ、絶対にさせないわ！）

拳を握り締めるクリスタを横目で見ていたエキドナが、机に広げられた地図を眺めながら尋ねる。

「マーカスのおっさん。その魔物、どの辺りにいるか分かるか？」

「詳細は調査させている最中だ。いずれ網に引っかかる」

「おおよその場所だけでいーよ。あとは自分で探すから」

「自分でって……まさか、エキドナ？」

エキドナは静かに立ち上がり、歯を見せて笑った。

「寝る前にもう一仕事だな」

▼　▼　▼

「聖女ライト」

月が出ているとはいえ、やはり夜は暗い。光源を出しながら、クリスタはエキドナに頭を下げる。

「ありがとね、エキドナ」

「なにが」

「私のために退治を申し出てくれたんでしょ？」

エキドナはわざわざ自分から魔物を退治しようとするような好戦的な性格ではない。にも拘わらず倒すと言ったのはクリスタのためだろう。

ルビィが来る前に魔物を討伐し、とりあえずの安堵を得ておきたい。そんなクリスタの考えを読んだとしか思えない。エキドナはそういった人間の感情の機微にとてもよく気が回る。

（やっぱりエキドナはすごいわ）

クリスタは人の機微にとても疎い。逆の立場だったら、同じ行動はできていなかっただろう。

聖女の能力や魔力の性質、性格的な意味も含めてクリスタとエキドナは正反対だった。

「さすが我が友ね」

「ちげーし。新種の魔物がうろついてるなんて聞かされたら安眠できねーだろ」

顔を背け、頬を掻くエキドナ。

クリスタはそれが、彼女が照れている時に行う仕草だと知っていた。

「ふふ」

「笑ってねーで仕事しろ」

「任せて。一発でぶっ飛ばすから」

クリスタは鎧の上から拳と拳を合わせ、がちん、と音を鳴らした。

「エキドナ。これ見て」

しばらく周辺を散策していると、妙なものを発見しクリスタは地面に膝をついた。

土が何かで擦れたように抉《えぐ》れている。大きすぎて違和感があるが、これは間違いなく蛇が通った跡だ。

「幅一メートルくらい。マーカスが言っていた新種の情報とも一致するわね」

「まだ土が乾いていない。近くにいるな。探すぞ」

抉れた土に触れ、エキドナが警戒を促したその瞬間。

「うわあああああああ⁉」

離れた場所から悲鳴がこだました。そちらに目を向けると、木々よりも高く傭兵の身体が宙吊りにされている。彼を持ち上げているのは――毒々しい紫色の身体をした巨大な蛇。

探していた大蛇の魔物だ。

「この野郎ぉ！」

「離しやがれぇ！」

彼の仲間と思しき傭兵が二人で大蛇を攻撃しているが、硬い鱗《うろこ》に覆われているせいで刃が全く通らない。

「蛇のくせに夜も活動するのかよ！」

エキドナは毒づいた。

魔物は一般的な生物を模した『何か』であり、魔力を元に動いている以外の詳細は分かっていない。しかし、生態は元の生物に近い。

狼型の魔物なら狼の生態に、鳥型の魔物なら鳥の生態に。

そして蛇型の魔物なら、蛇の生態を模しているはずだ。蛇は大半が昼行性――つまり、夜は動きが鈍くなる。

しかしここから見る限り、あの大蛇は夜でも活発に動けるようだ。

大蛇は素早い動きで傭兵の一人を身体で巻き取り、暴れないように縛り上げる。

「クリスタ！」

「任せて！」

エキドナが言い終わるよりも早く、クリスタの足は大地を蹴り上げていた。鎧をものともしない素早さで大蛇の魔物に接近するが、それでも傭兵を救うまでは間に合わない！

「ぐあああああああああ!?」

助けに向かうクリスタを嘲笑うかのように、大蛇の魔物は足元の傭兵たちを尻尾で薙ぎ払い、宙吊りにした獲物の身体を絞め上げた。

「ああああああああ…………………あ？」

傭兵の悲痛な断末魔は、途中で困惑に変化した。

「あ、あれ？　全然痛くないぞ」

痛みが来るものだとばかり思っていた傭兵は、それが勘違いであることに気が付いた。頑強な鎧ですら丸めた紙のように形を失う圧力を受けているにも拘わらず、傭兵は痛みを感じていない。

彼だけではない。丸太よりも太い蛇の尻尾で薙ぎ倒された彼の仲間たちも、全員が平気な顔で起き上がる。

「痛く……ない？」

「俺たち、なんで怪我してないんだ？」

困惑する傭兵たちを守ったのは、エキドナの能力によるものだ。彼女は離れた場所で膝をつきながら、傭兵たちを結界で守っていた。

「【守勢の軍歌】——なんとか間に合ったな」

エキドナが広範囲にかけられるものは治癒だけではない。結界も複数人を対象に使用できる。

一般的な魔法は、手元を離れれば離れるほど効果が減少していく。

しかしエキドナにその常識は通用しない。治癒も、結界も、補助も。範囲内にいるならば、距離に関係なく同じ効果を出すことができる。

——周囲の人間を補助することで【守り】と【癒し】を体現する。

これがエキドナなりに聖女の力を『拡大解釈』した結果発現した能力であり、彼女が『扶翼の聖女』と呼ばれる所以《ゆえん》でもある。

「ナイスよ、エキドナ！」

傭兵も魔物も、突然の出来事に困惑している。

その隙を縫って、クリスタは大蛇の魔物の許に辿り着いていた。

相手は新種の魔物。どこを攻撃するのが最適なのかは分からない。

「とりあえず頭を潰しておきましょうか」

どんな生物であろうと頭を潰せば動きを止める。安直ではあるが確実な場所をクリスタは狙った。

木々よりも高く上げられた頭に向かって、クリスタは足を曲げる。地面が爆発したような音を立て、鎧を着た身体が大蛇の魔物よりも高く空に舞い上がる。

大蛇の魔物がクリスタの存在に気付いた。そちらに向かって毒を吐くが——【聖鎧】に守られたクリスタにそんなものが通じるはずがない。毒を正面から浴びながら、構わず拳を握り締める。

「覚悟なさい。聖女パ——」

（って、声を出したら気付かれるわね）

傭兵の存在を思い出し、クリスタはできる限り声を絞った。

「聖女パンチ（小声）」

囁きと共に拳を斜め下に振り抜く。確かな手応えと共に大蛇の魔物の頭が地面に叩きつけられる。持ち上げていた高さの分だけ衝撃が加わり、頭がぐしゃっと音を立ててひしゃげ、そのまま動かなくなった。

「よし。宣言通り一発ね」

ぐっ、とガッツポーズを取るクリスタ。その身体の端々からは、大蛇の魔物が放った毒が滴り落ちていた。

「ば……バケモノ……」

毒を浴びても平然としているクリスタに、傭兵たちは恐れおののいていた。

▼　▼　▼

魔物の後始末は助けた傭兵に任せ、クリスタとエキドナは一足先に宿へと戻った。

「慌ただしい初日だったわね」

「ホントにな」

じぃ、とエキドナは半眼を向ける。

「正体を隠したいんならもう少し工夫しろよな」

毒を浴びても平然と動き回るクリスタを見て、傭兵たちは震え上がっていた。

エキドナが機転を利かせて「あたしが毒を無効化した」と誤魔化していなかったら、今もバケモノ扱いされたままだっただろう。

「あんなモンがお前に効かねーのは分かりきってるけど……せめてフリでいいから避けろよ」

「ごめんなさい。つい忘れていたわ」

クリスタの防衛本能は常人より鈍い。さすがに急所を狙われると反射的に防御してしまうが、どうせ効かないと分かっている攻撃は別に避ける必要もないか――と思ってしまっている。

「【聖鎧】を覚える前はどうしてたんだよ。まさか喰らいながら……ってことはないだろうな？」

「ちゃんと避けてたわよ。けれど『下手に避けて攻撃の機会を失うくらいならぶん殴って黙らせろ』っていうのが師匠の教えだったわ」

「とんでもねー師匠だな」

エキドナは備え付けの椅子に足を広げて座りながら、やれやれと肩をすくめた。

「ま……緊急だったし、お前の手を借りて楽をしようとしたあたしにも責任はあるな。明日からルビィも来るし、魔物はあたしだけでやるよ」

「遠慮しなくてもいいわよ。手伝ってもらっているぶんは助けさせて」

なんだかんだとクリスタはいつもエキドナに助けてもらっていた。『極大結界』の維持をこっそり代わってもらったり、実験に協力してもらったり。エレオノーラ領とエキドナの家が近いこともあり、自然と彼女に頼ってしまうことが多い。

「あの程度の魔物を一匹倒したくらいじゃ返せないくらいの借りがたくさんあるわ。この機会にもっと返させてよ」

「あの程度って……一応さっきの魔物も新種なんだぞ」

三白眼を細めながら、エキドナは呆れていた。

「あれを仕留めただけでもう十分だよ。ここに来たのはあたしの手助けをするためじゃないだろ?」

クリスタが今回ルトンジェラに来たのはルビィを見守るため。それは間違いない。だが、エキドナへの借りも少しは返せれば良いな……なんて思ったりもしている。

「あたしのことはいーから、お前はもうルビィのことだけ気にしてろ」

「本当に優しいのね、エキドナは」

「違うっての。周りをちょろちょろされたら鬱陶しいだけだ。互いのやることに集中すんぞ」

つっけんどんな物言いだが、それが彼女なりの照れ隠しなのだ。

(――って、ベティが言っていたわね)

仲間の聖女の言葉を思い出しながら、クリスタは微笑んだ。

(私は本当に、いい仲間を持てたわ)

四　諦めない妹

クリスタたちの到着から遅れること半日。補充人員を乗せた馬車がやってくる。

入口の前でそれを待つマーカス。彼はルトンジェラの責任者として歓迎の言葉と諸注意を演説する予定だ。

「なあおっさん。あたしらも見学させてもらっていいか?」

「構わんぞ。何なら何か激励の言葉でも言うか?」

「バカ。あたしがそういうの嫌いだって知ってるだろ」

二人のやり取りを無言で眺めて――話に入りたいが、声を出すとバレてしまう――いると、ほどなくして馬車が数台、並んでやってきた。

数は全部で二十人ほど。降りてくる人物は大半が女性だった。いかにも『腕っぷしに自信があります』といった強面《こわもて》の面々も混ざっているが、比率としてはかなり少ない。

年齢は中年から少女まで様々。その中にクリスタ最愛の妹・ルビィの姿もあった。

「わぁ、ここがルトンジェラ……」

馬車から降りるなり、ルビィは目を輝かせていた。いつものふわりとしたドレスではなく、旅に適した動きやすい軽装に着替えている。

滅多に見ない服装に、クリスタは思わず拳を握った。

(ああいうラフな格好も似合ってるわね。本当にうちの妹は何を着ても可愛いんだから！)

「皆、よく来てくれた。国王陛下よりこの地の統括を任されているマーカスだ。短い間だがよろしく頼む」

ルビィは周辺を見渡すことをやめ、マーカスの話に集中する。少しだけ緊張した面持ちで唇を真一文字に引き絞る。

「女性諸君。君たち非戦闘員には調理や掃除・洗濯などを担当してもらう」

「えっ」

マーカスの言葉を聞いて、ルビィが声を上げる。

「ん。君は……ルビィ君だったか。何か質問でも？」

「あ、あの……魔物討伐には参加できないんですか？」

「えっ」

ルビィの言葉を受け、マーカスは驚きに目を見開いたまま、彼女を上から下まで眺めた。

「魔物討伐希望者だったのか？」

「はいっ」

「君が？」

「はいっ、そのつもりで来ました！」

はきはきと元気よくルビィは答えた。

マーカスは手元の資料を眺め、ルビィが『戦闘に参加しますか』のところに◯を付けていることに気付く。

「君は、その、どう見ても非戦闘員が妥当だと思うが……」

「武器は持ってきています！」

そう言ってルビィが取り出したのは、細い棍棒だ。身体に忍ばせていても分かりにくいよう、真円ではなく少しだけ平べったい形に作られている。

そのシルエットにクリスタは見覚えがあった。

（あれ……メイザの武器じゃない）

クリスタの専属メイドであるメイザ。ルビィが持っている棍棒は彼女のものに間違いない。メイザが自ら渡したのか、ルビィが貸してと頼んだのかまでは分からないが……。

「これで私も戦えます！」

「………………あー、その、なんだ」

棍棒を構えるルビィ――格好はそれなりに様になっている――を前に、マーカスはどう答えればいいのか、かなり言葉を選んだ。

「ええっと。それは護身用だな」

「ごしんよう？」

「武器は大きく分けて二種類の使い方がある。こちらから攻撃するものなのか、向こうからの攻撃を受けるものなのか。見たところその棍棒は後者だな。積極的に前に出て戦うには適当とは言えない」

「そうなんですか……。じゃあ、武器を貸してもらうことはできますか？」

「貸与はしているが……君、本当の本当に戦う気なのか？」

しつこいくらいに尋ねるマーカスだが、ルビィは嫌な顔ひとつせず、晴れやかな笑みで答えた。

「はい！」

きらきらした目で両拳を握り、満ち溢れるやる気をアピールする。

（か、かわいい……）

「おい、しっかりしろ」

可憐さに卒倒しそうになるクリスタをエキドナがこっそりと支える。

クリスタと同じく、マーカスも卒倒しそうになっていた。ただし、クリスタとは別の意味で。

（ルトンジェラに来て長いが、こんな子は初めてだ）

傭兵志願者が来て同じことを言うのならまだ分かる。剣一本で成り上がる未来を夢見て、己の実力を弁《わきま》えない命知らずが来ることはどの結界の穴でもよくあることだ。

しかしルビィはそれらとはまたレベルが違う。

戦闘の「せ」の字も感じさせない、儚さを湛《たた》えるような少女が「魔物を討伐したいです！」などと言い出すなんて、誰が予想できただろうか。

(手っ取り早く、諦めてもらうか)

マーカスは腰の剣を鞘ごと外し、それをルビィに差し出した。

魔物と戦うにはこういう武器が必要になる。持ってみてくれ」

「ありがとうございます、……ん⁉」

ルビィは両手でそれを抱え、ずしりとした重みに声を上げた。ぷるぷると腕が震えている。

「どうだ？」

「重いです……」

「持ち物はまだあるぞ。魔物からの攻撃に備えて軽鎧も各部位に装備しておかなければならない。その上で、襲いかかる魔物にそいつを振るえるか？」

「…………まだ、無理です」

(まだ？)

気になる単語が挟まっていたが、その部分は無視してマーカスは続けた。

「それすら持てないようでは戦闘を任せることはできない」

「…………はい」

「君は非戦闘員としてサポートに回ってもらう。いいな？」

「……分かりました。今は、諦めます」

（今は？）

またしても気になる単語が挟まっていたが、マーカスは話を進めることを優先した。

「こほん。話を続けよう。非戦闘員の諸君を『極大結界』の境目――戦闘区域へと行かせるようなことはないので安心してくれ」

ルビィ以外に魔物討伐をするつもりで来た女性はいないようで、マーカスの「安心」という言葉を聞いた途端、何人かの肩から力が抜けた。

「ただ――完全なる安全は保証できない」

「……っ」

マーカスが穏やかな表情を引き締めると、わずかに弛緩した非戦闘員たちに再び緊張が走る。

彼は両手を広げ、周辺を指し示した。

「ここはオルグルント王国で最も危険な地ルトンジェラ地方だ。ミセドミル大陸中央ギルグリンガ山脈で生まれた魔物は強く、前線を突破される可能性を常に孕《はら》んでいる。現に昨日も、この近くまで魔物の侵入を許してしまった」

大蛇の魔物が侵入した件も併せて説明すると、補充人員たちはごくりと唾を飲み込んだ。

「君たちが非戦闘員であろうと、魔物はそんなことを気に掛けてはくれない。見つかれば容赦なく食われる」

「ひっ……」

「大丈夫？」

ルビィの隣にいた少女が、マーカスの雰囲気に気圧されて彼女の腕にしがみつく。

気丈に振る舞ってはいるが、ルビィも真剣な表情をしている。

「怖がらせるようなことを言ってすまない。だがここでは常に魔物の脅威が潜んでいる。そのことをゆめゆめ忘れないでくれ」

「はい」

（大丈夫よルビィ。そんな魔物が来たら、お姉ちゃんがブチのめしてやるからね）

クリスタは胸中でそう語りかけ、静かに拳を握った。

「では非戦闘員はあちらで配属先を言い渡す。戦闘員は訓練区にて実力試験を行う。以上だ」

マーカスの話が終わると、ルビィは調理区への移動を命じられていた。

とりあえず魔物討伐でハラハラする、という最悪の展開はなくなった。

そのこととは別で、ルビィがどういう仕事をするのかが気になった。

見たい。

ルビィの成長する様子を見守りたい。

欲望に負けたクリスタは、こっそりとエキドナに耳打ちする。

「ルビィの様子を見てきていい？」

「好きにしろ。けど、目立つなよ？」

「大丈夫よ」

ルビィの後を追うクリスタの背中を眺めながら、エキドナは頭の後ろを掻いた。

「心配だな……。まあ、何かあったらあたしが行けばいいか」

▼　▼　▼

物陰からこっそりと彼女の仕事ぶりを覗う。

ルビィは調理の下ごしらえを担当する部署に配属されていた。邪魔にならないよう、長い髪を結んでいる。彼女に仕事を教えているのは、古くからこの地で料理当番をしている中年の女性だ。

「よく来たね。アタシはローサ。よろしく」

「ルビィといいます。よろしくお願いします」

「まずは芋の皮剥きからやってもらうよ。やったことはあるかい？」

「す、少しだけなら」

歯切れ悪くルビィは答えた。言葉の端々から自信のなさが透けて見える。

「まずはやってみな。見といてやるから」

中年の女性――ローサに芋と包丁を手渡され、ルビィはたどたどしく皮を剥き始める。

手紙には、エレオノーラ家専属の料理人に料理の下ごしらえは一通り教えてもらった……と書いてあったが。

（ああっ、その持ち方は危な……っ、指……切れ……あ、大丈夫……あぁ、ああああっ⁉）

ルビィのいかにも「初心者です」という手付きに、クリスタは何度も声を上げそうになった。

（まさか魔物討伐以外でこんなにもハラハラするなんて……）

「で、できました！」

芋相手に格闘すること十数分、ルビィの皮剥きが終了する。

それを見たローサは、芋をいろいろな角度から眺めてチェックする。

「皮の方に身が残っちまってるね」

「あ……ご、ごめんなさい。下手くそで」

しゅんとするルビィの背中を、ローサが叩く。

「謝る必要なんてないよ。あたしが新人の頃なんてリンゴの皮剥きで芯しか残らないくらい下手くそだったんだから。それに比べりゃあ上手なもんさ」

「ふ、ふふ……」

ローサの冗談に、ルビィがくすりと笑う。

「もう一度やってみな。もう少し包丁の根元を持つとやりやすいよ」

「こ……こう、ですか？」

「そうそう。やっぱり上手いじゃないか」

「え、えへへ」

（……ルビィ）

ルビィが芋の皮を剥いている。失敗にめげず、一生懸命に。

その光景を見ているだけで、クリスタは目元にじわりと水気が滲み出てくる。

「よし。それじゃ次は下茹でだ。一度にたくさん入れると湯が冷めちまうから、少しずつ入れるのがコツだよ」

「はいっ」

（……）

「時間が経ったらこの串で刺すんだ。スッと通れば中までしっかり熱が通っている。そうでないやつはもう少し置いておくんだよ」

「はいっ」

（……）

「茹で上がったものは取り出して、この道具で潰していくよ。冷めるとやりにくくなるから、ここは素早くね」

「はい！」

（る……ルビィ～～～！）

たどたどしくも仕事をこなしていくルビィの成長を確かに感じ取り、クリスタは抑えきれずに涙を流していた。

（私の妹はこんなにも成長していたのね……！　すごいわ、偉いわ！）

抱きしめたい衝動を抑えきれず、クリスタはルビィの傍に駆け寄った。

「⁉」

（え？）

ルビィがこちらを見る目がいつもと違うことに気付き、クリスタは足を止めた。

枯れた花ですら微笑みかけると蘇ると評判の笑顔は影を潜め、調理道具を手に身を固めている。

「あの……どちら様でしょうか」

（あ）

ルビィに誰何《すいか》され、クリスタは自分が別人に扮していることを思い出した。

（しまった！　私はいま鎧の男クリスなんだったわ）

がしゃがしゃと鎧を鳴らして急接近したら誰だって怖がるに決まっている。

「なんだいアンタは。見かけない顔だねぇ」

怯えるルビィを守るように、ローサが前に出る。

完全に不審者扱いだ。

無理もない。クリスタが来たのは昨日の今日で、まだ顔も知れ渡っていないのだから。

ルビィが怯えるのも、ローサが警戒心を剥き出しにするのも当然のことだ。

「アンタ……まさかこの子を連れ去るつもりじゃないだろうね⁉」

クリスタは慌てて手をぶんぶん振るが、端から見るとかなり怪しい。

姿を現してしまった以上、何か言わなければならない。

しかし何も言うことはできない。

かと言って何も言わずに立ち去るのは「不審者です」と言っているようなものだ。

三重苦に襲われ、どうしようかと焦っていると、思わぬ場所から助け船が出た。

「おーい、クリス」

「！」

手を振ってやって来たのはエキドナだ。

「そろそろ行くぞ。マーカスとの会合にお前も出ろよ」

「エキドナさま。その人と知り合いなのかい？」

ローサは恐る恐る、といった様子でエキドナに尋ねる。

「ああ。あたしの護衛をしてくれてるクリスだ。ちょっと事情があって声が出せないんだけど、悪いヤツじゃないから」

「！　そ、それは失礼しました！　アタシはてっきりこの子にちょっかいをかけようとしたのかとばかり」

慌てて平謝りするローサ。

ルビィを守ろうとしてくれたので、むしろお礼を言いたいくらいだ。すぐに顔を上げてもらう。

「ローサのオバちゃん。ちょっとこの子と話したいんだけどいいか？」

「ああ、大丈夫だよ」

ルビィを少しだけ借りて、三人で話をする。

「あの、クリスさん。さっきは失礼な態度を取ってしまってごめんなさい！」

開口一番にルビィはクリスタに頭を下げた。

「聖女に護衛がいるなんて、お姉様にも聞いたことがなかったので……」

「あー、あいつは護衛なんて必要ないからな」

「？　どういう意味ですか？」

「なんつっても聖女の中で一番強痛ってぇ！」

エキドナの髪を引っ張り、口上を止める。

（なにすんだよいきなり！）

（ルビィに私が戦えることは内緒にしておいて）

ルビィにとってのクリスタとは、魔法研究者と聖女という二足のブーツを履く知的な姉だ。

そのイメージを壊さないためにも、そして優しいルビィに余計な心配をかけないためにも、クリスタが凄まじい戦闘力を持っていることは秘密にしている。

（ややこしいんだよお前ら姉妹は！　別に言ってもいいだろうが）

（駄目よ！　これまで築いてきた知的で聡明でインテリジェントな姉のイメージが崩れちゃうじゃない！）

小声でひそひそ言い合うクリスタとエキドナ。

二人のやり取りを見ていたルビィは、くすりと笑う。

「仲が良いんですね、お二人は。なんだかお姉様とじゃれ合っているみたいです」

ぎくり、と二人の肩が同時に跳ねる。

そんなクリスタとエキドナの胸中を知ってか知らずか、ルビィはきらきらと目を輝かせた。

「そういえばエキドナさん、やっぱりすごいですね。ローサさんに『エキドナさま』って呼ばれていましたし、他の人たちも尊敬の眼差しで見ていました！」

「単なる村人相手に大袈裟なんだよな」

「そんなことはありません！」

大きな声でルビィはエキドナを遮った。

「聖女に選ばれた時点でエキドナさんにはお姉様と同じ、すごく特別な力があります！」

「お前の姉ちゃんと比べられるとなぁ」

かたや容姿端麗、伯爵令嬢、聖女。それに加えて稀代の魔法研究者でもあるクリスタ。

かたや容姿平凡、村人、聖女。畑を耕すことくらいしか取り柄のないエキドナ。

「経歴が違いすぎて自分が惨めになるよ」

「エキドナさん、それは違いますよ」

「ん？」

眉を上げるエキドナに、ルビィは目を伏せながら答えた。

「エキドナさんの気持ち、よく分かります。確かにお姉様はすごいです。すごすぎて自分が小さな存在に思えてしまいます。私もそうでした」

シルバークロイツでの事件前の心境を語るルビィ。

「自分は無駄飯食らいなんじゃないかとか、本当に同じ血を分けて生まれたのかとか、爪の垢を煎じて飲み干したら少しは才能を分けてもらえるかとか。いろいろ考えて、悩んで、一人で焦って、失敗して、みんなに迷惑をかけて」

「……ルビィ」

「私はまだこんな状態です。けれどエキドナさんは違う。お姉様と同じ聖女としてオルグルント王国の民を守っています」

「けどな。『極大結界』の負担も結局クリスタが一番」

「聖女になれている時点でもうすごいんです！」

ルビィはそこでクリスタの方へ向き直った。

「クリスさんもそう思いますよね！」

「……」

クリスタは黙って首を縦に振った。

話を合わせたのではなく、心からそう思っている。

エキドナの能力は他の聖女の誰も真似できない彼女独自のものだ。

よって自分を卑下する必要は全く無い。というか、する理由が分からない。

「細かなことは気にしなくて大丈夫です！　聖女であることにもっと自信と誇りを持ってください！」

「お、おお……」

純粋すぎる瞳に気圧され、エキドナは反論を引っ込めて思わず仰け反った。

勢いに任せた暴論ではあるが、エキドナを励まそうとしていることだけは分かる。

とりあえずその気持ちだけは素直に受け取っておくことにした。

「というか、そうして髪を上げてるとクリスタにそっくりだな」

「本当ですか？　嬉しいです」

ぱぁ、とルビィは表情を輝かせた。

「なあルビィ。聞いてもいいか？」

「はい」

「なんでルトンジェラに来ようと思ったんだ？」

魔物討伐をしたいなら、他の結界の穴に——いや、もっと近場に仕事はあったはずだ。

なのになぜ、最も危険なルトンジェラを選んだのか。

そこはクリスタも気になるところだ。

どういう答えが返ってくるのかと耳を澄ませていると——ルビィはにこやかな笑みを浮かべながら、人さし指を口の前に添えた。

「ふふ。それは内緒です」

▼　▼　▼

翌日。目が覚めたクリスタはすぐにエキドナの部屋を訪ねた。

「おはよう。もう朝よ」

「んぁ」

寝惚け眼《まなこ》を擦りながら出てきたエキドナ。相変わらず朝は弱いようだ。

「ルビィの様子を見てきていい？」

「んあ……好きにしろ」

「ありがと。それじゃまた後で合流しましょ」

「遅くなるなよー」

クリスタはルビィの様子を見に行った。

（やってるわね）

昨日と同じくルビィはローサの下につき、仕事を学んでいた。

傍に行こうとして、ふとクリスタはその足を止める。

（仕事の邪魔しちゃ悪いわね）

手を止めさせるのは申し訳ないので、物陰からこっそり様子を窺うだけにしておくことにした。

「ルビィ。昨日はエキドナさまと何の話をしていたんだい？」

「ああ——えっと。頑張れ新人、って励ましのお声をかけていただきました」

エキドナとルビィが知己であることは伏せることにしている。

昨日の話の中で、ルビィの方から「みんなには秘密にしておいてほしい」と頼まれたのだ。

（きっとルビィなりに何か考えているのね）

あれこれと理由を聞いて干渉するのはクリスタの姉道に反する。気になるところではあったが、あえて聞かないでおいた。

ルビィはローサに連れられ、炊事場の傍にある川のほとりに移動した。

石が積み立てられ、流れがせき止められている箇所に芋の入った籠を浸ける。

「さて。今日は野菜を洗うところから始めようか。芋についた泥を洗い落としておくれ」

「はいっ」

「泥が残っていると病気になっちまうから、しっかり落とすんだよ。もし汚れが取れなかったらそれはしばらく水に戻しておいて、時間を空けてから再度洗っておくれ」

「はいっ」

腕をまくり、水に手を浸けて芋を丁寧に洗っていくルビィ。

「う～、冷たい！　けど頑張らなくちゃ」

「その調子だよ。あたしは他の子の様子を見てくるから、しばらく一人でやっておいてくれるかい。早く終わったら休憩しといておくれ」

「わかりました」

時折手を擦って温めながら、次々に芋を綺麗にしていくルビィ。

一生懸命なその様子に、クリスタは静かに涙を流した。

（ルビィ……もう一人で仕事を任されるようになるなんて……！　すごいわ、立派だわ！）

やがて芋を洗い終えたルビィは、両手の水気を払ってから立ち上がった。

（何をしているのかしら）

休憩するのかと思いきや、ルビィは例の棍棒を取り出し、素振りを始めた。

「えい、えい」

空を切る音すら聞こえない、世界一優しい素振りだった。それでも一生懸命に棍棒を振り続ける。

どうやら彼女はまだ魔物討伐を諦めていないらしい。

(危ないことはしないでほしいけれど……でも、魔物に立ち向かおうとする勇気は立派よ!)

夢中で素振りをするルビィを眺めていると、クリスタの背中に人影が現れた。

とんとん、と、鎧越しに肩を叩かれる。

(今忙しいのよ)

手を払い退け、再びルビィを注視する。

とんとん。

とんとん。

とんとん。

その間、何度も肩を叩かれる。

(あーーー! 何なのよもう! こっちはいま取り込み中——)

振り返った先にいたのは、数人の男たちだった。

「自警団だ」

そう名乗る男たち。一見すると傭兵然としているが、彼らとは役割が違う。

魔物の脅威を退けるのが傭兵なら、自警団は人間同士のトラブルに対応する——いわば治安維持のための組織だ。

「調理場を眺めている鎧の不審者がいると通報を受けた。少し、話を聞かせてもらおうか」

▼　▼　▼

「いやー悪い！　連れが迷惑をかけた」

詰め所に連行されたクリスタだったが、すぐにエキドナが迎えに来てくれた。

「エキドナ様、ご足労頂きありがとうございます。聖女様の護衛の方でしたら、そう仰って下さればすぐ解放させていただいたのですが……」

事情聴取していた警備兵が、困ったようにペン先で頬を掻く。

「その、何もお話にならないので」

「……」

(話さないんじゃなくて話せないのよ……！)

声を出したいが、出してしまえば自分がクリスタだとバレてしまう。筆談で『自分は聖女エキドナの護衛です』と説明はしたが、実際にエキドナが来るまでかなり疑いの目を向けられていた。

「こいつ無口な奴でさ。よく不審者と勘違いされるんだよ。ウロチョロしないよう、よーーーーーく言い聞かせておくから」

エキドナはクリスタの鎧をバシバシと叩きながら、全力で誤魔化してくれた。

「ありがとうございます。我々の方でも、その方が聖女様の関係者であることを周知しておきますので」

「そうしてもらえると助かる――ほらクリス、行くぞ」

まるで悪さをした子供を引き取る母親のような面持ちで、エキドナは何度も警備兵に頭を下げながら退出した。クリスタも一礼してから、その後に続く。

「なかなか戻ってこねーから様子を見に行ったら調理場にはいないし、どこに行ったのかと思ったぞ」

「ごめんなさい」

腰に手を当て、説教の格好になるエキドナ。

クリスタは肩を縮こまらせ、素直に謝罪した。

「けど不思議ね。目立つことはしてなかったのにどうして通報されたのかしら」

「ルビィのこと、どれくらい見てたんだ？」

「一時間くらいかしら」

「そりゃ通報されるわ！　……ったく。今後は注意しろよ」

ルビィに関して、とりあえず戦闘区域に出る心配はない。

侵入してくる魔物にさえ気を付ければ安全は確保できると考えると、クリスタの心労はもはやないに等しいと言えた。

「明日からはチラ見する程度に留めるわ」

「止める気はないところがお前らしいよ……」

エキドナは頭を掻いてから、太陽の位置からおおよその時間を計る。

「そろそろマーカスと会合の時間だ。行くぞ」

「ええ」

▼　▼　▼

傭兵ギルド本部・作戦室。

ルトンジェラを取り巻くすべての情報はこの部屋に集約される。大陸中央の動向を監視する観測班、結界の境目に敷いている砦の状態、平野をうろつく魔物の種類、数。そして治療区の空き病床数。死亡した傭兵や待機中の傭兵の数などなど。

それらを俯瞰し、マーカスを始めとした面々が意思決定を行う。言わばこの部屋こそがルトンジェラの中枢だ。

視察中の聖女はこの場に参加し、主に治療方面で要請があればそれに従事することになっている。

もちろんだが、戦闘に参加を要請されることはない。

戦う力を有した聖女が出てきたのが今代からということもあり、分類上聖女は非戦闘員扱いとなっている。加えて戦闘能力の源は教会が否定する『拡大解釈理論』によるもの。

仮に直接戦闘によって人々を救ったとしても、教会はいい顔をしない。

オルグルント王国守護のシンボルとして民に顔を見せ、治癒や守りの力でほんの少し助力する

……というのが正しい視察だ。

部屋に辿り着くと、エキドナとクリスタ以外の面々は既に揃っていた。

「遅かったな。寝坊か？」

「それに近いかもな」

そこそこに広いはずの室内だが、中央に鎮座した大きな机と広域地図のせいで実際よりもずっと狭く感じた。

「？　まあいい。少し厄介なことになっている」

「何かあったのか？」

「観測班からの最新情報だ」

マーカスは一段階声を低くしてから、地図の端に描かれた山を指した。

紙の上では端になっているが、その山こそがミセドミル大陸の中心地、ギルグリンガ山脈だ。

「大陸中央の活動が活発になりつつある。先の時刻をもって、活動期に入ったと判断した」

五　変わる事態

クリスタたちが住まうミセドミル大陸には様々な国が存在している。

聖女を抱えるオルグルント王国。内部抗争が激化しているサンバスタ王国。聖騎士を擁するワラテア王国。別大陸との貿易拠点であるセヌクートオ連合王国。その他の小国も各地に点在している。

一見すると繁栄を極めているかのように見えるが……実は、人間が居住できる領域はたった三割しかない。

他の七割は魔物の領域となっている。

多くの国が海岸線沿いにあるのはこのためだ。大陸中央に近い位置に建国するとすぐ魔物によって滅ぼされてしまう。

オルグルント王国も、『極大結界』が無ければとっくの昔に滅亡していただろう。

ミセドミル大陸の支配者は人間ではなく――魔物なのだ。


（そんな、どうして⁉）

マーカスの宣言を受け、クリスタは鎧の中で動揺した。

ルトンジェラに出立する前、教会の資料を調べた時は安定期になっていた。危険な状態になったとしても中間期止まり。そうだとばかり思っていた。

ここまで急に変わることはこれまでの周期から考えるとありえない。

「えらく急な話だな。中間期はどこに行ったんだ？」

エキドナが僅かに目を見開く。

それは報告を受けたマーカスも同様のようだ。やや困惑気味に頭を掻く。

「俺もここに着任して長いが、こんなことは初めてだ」

「何か原因はあるのか？」

「さて。魔王が誕生したのか、果ては魔女が再来したのか」

「御伽噺《おとぎばなし》と現実を混ぜるなよ」

「そうしたくなるくらい、さっぱり分からんってことだ。強いて言うならギルグリンガ山脈の動きは比較的大人しいくらいだが……まあ、実際問題森から魔物がどんどん溢れてきている」

（まさかルビィが来ている時にこんな異常事態が起こるなんて……）

あまりの間の悪さに、クリスタは卒倒しそうになった。

活動期になると相当数の魔物が押し寄せてくることになる。

その中には新種の魔物も交ざっているだろう。

ルトンジェラに来る新種の魔物は大陸中央からやって来る。最も生存競争の激しいギルグリンガ山脈での戦いに敗れ、敗走した種だ。

傭兵たちが手こずっていた大蛇の魔物も、尻尾が食いちぎられていた。山で他の魔物にやられてルトンジェラまで逃げてきたんだろう。

負けた種とはいえ、それでも平地で発生する魔物とは比較にならないほど強い。

「戦闘員の追加補充は？」

「憲兵に応援を要請し、現在検討中と返事をもらっている」

「検討中って……ここを破られたら次は自分のところが危ないってのに、呑気だな」

憲兵の間延びした態度に憤るエキドナ。

（つまり、しばらくは今の戦力でどうにかしなければならない、ってこと？）

魔物の数が増えればどうしようと怪我人は増える。

エキドナの力は確かに強力だが、際限なく使える訳ではないのだ。

「犠牲はみんな覚悟している。ここはそういう所だからな」

「おっさん……」

結界の穴は、戦うことしかできない者に傭兵という仕事を与える場でもある。

魔物との戦闘で命を落とすことも彼らは了承済みだ。

マーカスが演説で言っていたように、非戦闘員であってもそれは同じこと。彼の言う通りここは『そういう場所』なのだ。

しかし。

（ルビィだけは絶対、駄目！）

クリスタももちろん分かってはいたが、犠牲者の中にルビィが入ることだけは決して看過できなかった。

「とはいえ悪戯に人を死なせるつもりはない。エキドナ。いつもより辛い仕事になるが、よろしく頼む」

「任せとけって。そのための聖女なんだからな」

「……」

（私も戦いに参加するわ。魔物共をギタギタに――）

エキドナの後ろで地図に視線を向けていたクリスタは、ふと眉をひそめた。

地図の上には増えた魔物の分布が記されているが、そこに違和感を覚えたのだ。

（あら。これって――）

会合が終わった帰り道にて。

クリスタはエキドナに声をかけた。

「エキドナ」

「どしたクリスタ。あんまり外で声出したら正体がバレるぞ」

「私、分かったかもしれないわ」

「なにが？」

「活動期が起きた原因と、その鎮め方が」

「……詳しく聞かせろ」

宿に戻り、二人はエキドナの部屋に集合した。

「で、どういうことだ。おっさんが言っていたような魔物の気まぐれじゃないってことか？」

「気まぐれといえばそうだけど、これはおそらく新種の魔物が降りてきたことで引き起こされたものよ」

「……それだといつもの活動期と同じじゃないか」

「これを見て」

クリスタは紙に絵を描いて説明する。

「見ての通り、新種の魔物はギルグリンガ山脈からウィッチャ大森林を越え、ラダーク平原かナリーロ平原を越えてルトンジェラへやってくるわ」

「待て、見ての通りって……これ、地図のつもりか？」

クリスタは大真面目な顔をしているが、エキドナの目からはどうしてもぐにゃぐにゃの線としか判別できない。

「どう見ても地図じゃない」

「どう見ても地図じゃないだろ」

「あのねエキドナ。今は真面目な話をしているの。茶化すのはやめてちょうだい」

「あたしが悪いのか⁉」

天才の名をほしいままにするクリスタだったが、絵心は皆無だった。

「まあいいわ。魔物が降りてくるルートは分かったわね？」

「おう」

話が進まなくなるので、エキドナはツッコミたい気持ちを、ぐ……と抑えて話を聞くことに集中した。

「活動期と呼んでいるけれど、要は生態系の移動なのよね。山の上で魔物が増える、あぶれた魔物が森に降りる、森の魔物があぶれる。森の魔物が平野に降りる。そして平野の魔物がルトンジェラへ――こういう流れなの」

活動期は、山から降りてきた魔物が生態系のバランスを乱すことで発生する。

「マーカスも言っていたわよね。ギルグリンガ山脈の動きは大人しいって」

魔物が生み出されるとされている山を監視することで、活動期の時期はある程度予測ができる。

しかし、唐突に活動期へと移行するルートが一つだけある。

「本来は山を降りる必要のない魔物が降りてきた時よ」

ギルグリンガ山脈は魔力が噴出し続けている。そのため魔力を生命の源にしている魔物にとっては楽園といえる環境だ。

その地に居座ることができる魔物は決して山を降りようとはしない。

ただ、稀にその地を離れて地上に降りてくる偏屈な魔物も存在している。

「そういった魔物はたった一匹でも活動期を引き起こしてしまうほど他の魔物を混乱に導くわ」

「つまり、その魔物を見つけ出して倒せば……」

「活動期は収束する」

ただ、これはあくまでクリスタの予想だ。

確証を得られるのは、活動期を引き起こしている魔物を発見したとき。

人員が不足しているこの状況で、悪戯に進言するとかえって場を乱すことになりかねない。

「じゃあどうするんだよ」

「私が調査に行くわ」

「お前のことはもうほとんどの人が知ってるんだぞ。いきなりいなくなったらそれこそ不審に思われるだろうが」

「そこは大丈夫よ。活動の時間帯をズラすから」

傭兵たちが積極的に狩りをする時間は視界の開けた昼。魔物が活発に動き出す夜は『極大結界』の境目の防衛に集中し平野には出ない。

その隙を縫ってクリスタは外に出て、件《くだん》の魔物を探す。

「ついでに少し魔物を減らしておけば、みんなの負担も減るわ。どう？　これならバレることもないでしょ」

「どう？　じゃないだろ。昼も夜も動いてたらお前はいつ寝るんだよ」

「遅くても夜明け前には戻ってくるわ。それなら二時間は寝れる」

もともとクリスタは短眠傾向だ。魔法研究所では寝ない日もよくある。

「色々無茶すぎるだろ。無敵の【聖鎧】でも魔力が切れたら元も子もないぞ」

エキドナの指摘は的を射ていた。

あらゆる物理攻撃、魔法攻撃の一切を弾くと同時に拳を保護してくれる攻防一体の技、【聖鎧】。襲いかかる敵を真正面から打ち倒すことで【守り】と【癒し】の効果をもたらす。クリスタなりに聖女の力を『拡大解釈』した結果得た能力だ。

剣豪の一太刀も、暗殺者の刃も、大蛇の毒も、地平を変えるほどの魔法も、クリスタには傷一つ負わせることはできない。

無敵とも言える【聖鎧】だが、唯一にして最大の欠点は魔力の消費が激しいことだ。

魔力を正確な数値にする技術はオルグルント王国には無いが、一般的な魔法使いがもし【聖鎧】を使えたとしても数秒と持たないだろう。

「そうね……さすがに夜通し維持はできないわね」

「最大でどれくらいだ？　三十分くらいか？」

「四時間」

「は？」

「四時間よ。【疲労鈍化】と【身体強化】も同時併用だから、それだけしか持たないわ」

「……」

「どうしたのエキドナ。口を開けて」

「魔力オバケめ」

「急に悪口⁉」

エキドナは頭を掻きながら時計を見上げた。

「午前零時から捜索を開始するとして、【聖鎧】の効果が切れたら四時。起床時間は六時半。そこからは通常の活動……本当に大丈夫なのか？」

「余裕ね」

魔法研究所の修羅場を潜り抜けたクリスタにとっては、その程度はハードでも何でもない。

「今回はあたしが『極大結界』の肩代わりをすることもできねーんだぞ」

「ええ、分かっているわ」

クリスタの分の結界維持はエキドナかソルベティストにしか頼めない。

ユーフェアは魔力量が少ないので、肩代わりさせるには荷が勝ちすぎている。

マリアには既にエキドナから連絡しており、エキドナの分の負担を肩代わりしている。

「お前の力無しじゃ難しいとは思っていたから、その申し出はありがたいんだけどなぁ」

ありがたいと言いつつ、エキドナは目を閉じて天を仰いでいる。

「何か問題があるの？」

「いや、お前一人に負担が行きすぎてるというか」

「そんなことは気にしなくてもいいわよ」

いま、この地にはルビィがいる。

そこに魔物が踏み込んでくるなど、姉として断じて見過ごすことはできない。

（あの子が平穏無事に仕事を終えることができるなら、私は何だってやるわ）

「ここで踏ん張らなかったら姉を名乗る資格はないもの」

「……そこで民の為とか言えたら、マリアもお前のこと認めてくれると思うんだけどなぁ」

「何か言った？」

「このシスコンめ、って言ったんだよ」

長いため息を吐いてから、エキドナは膝を叩いた。

「お前の作戦、乗った」

▼▼▼

作戦通り、夜になるまで待ってから出る準備を整える。

「夜だし甲冑はいらないわね」

さすがに邪魔になるだけなので、適当な店で買った黒い外套《がいとう》をすっぽりと頭まで被る。

「これで顔はバレないわ」

「お前、黒似合わねえなぁ」

「そうかしら？」

法衣は青がメインだが、クリスタはその上から白衣をいつも着ている。なので全身白のイメージが強いせいだろう。

「眼鏡、預かっておいてもらえるかしら」

「いいぜ」

眼鏡を外すと、枠で塞がっていた視界が一気に広がる。

素顔を晒したクリスタを見て、エキドナがぽつりと漏らす。

「……ホントに別人だな。口さえ閉じてりゃ清楚なご令嬢って感じだ」

「それ悪口？」

「褒め言葉だ」

エキドナは黒い外套のクリスタを横目で見つつ、難しい顔をしていた。

「どうかしたの？」

「いや——」

しばし言うかどうか迷ってから、エキドナは口を開いた。

「結局お前に頼る形になっちまって申し訳ねえなと思っただけだ」

「気にしなくていいわよ。私の能力が単体戦闘に向いてるってだけだから」

エキドナの能力は自分に使うことはできない。

加えて魔力量は並だが、回復速度がそれほど速くない。

単独で行くにはクリスタがこれ以上ないほど適任なのだ。

「そろそろ行くわ」

「待て」

窓から外に出ようとするクリスタの前で、エキドナは両手を重ねた。彼女が得意とする補助の祈りだ。

「長持ちしねーけど、何もせず見送るってのも気が引けるからな。これくらいはさせてくれ」

「ううん、すごく心強いわ」

エキドナを抱きしめ、クリスタは耳元で囁いた。

「あなたのそういうところ、好きよ」

「ば……ちげーよ！　あくまであたしが納得するためにやっただけだ。勘違いすんな！」

『拡大解釈』は本人の資質に大きく由来する。エキドナの発現した能力を見れば、彼女が慈愛の心を持っていることは簡単に推測できる。

しかし彼女は自分でそれを認めようとしない。

エキドナのような性格に、世間では特別な呼称を付けている――と、ソルベティストは言っていた。

（確か、ツンなんとかって言っていたわね。帰ったらまた聞いてみましょう）

「……深追いはすんなよ？　絶対だぞ？　危ないと思ったらすぐに帰って来いよ？　念話紙も持っ

ておくから、何かあったらすぐ連絡してこいよ？」

「ええ」

心配性なエキドナを安心させるように、クリスタは拳を握った。

「それじゃ、行ってきます」

▼　▼　▼

見つからないように身を隠しながら、傭兵たちの駐屯地を離れて森の中を突き進む。

『極大結界』の境目まではゆっくり歩いて三十分ほど。【身体強化】に加えてエキドナの補助を受けている今のクリスタであれば十分もかからない。

ほどなくすると森が消え、遮るものが何もない平原に出た。

「外に出たのは久しぶりね。マリアと若返りの泉に行ったきりかしら」

山脈の根元を見やりながら、移動を開始する。

「今日はラダーク平原から捜索しようかしら」

聖女の加護のない魔物の領域へとクリスタは一歩を踏み出した。

「お。さっそく魔物発見」

ふと視線を横に向けると、『極大結界』に阻まれて立ち往生している熊型の魔物が見えた。

進路を少しだけ変更し、一直線に熊の許へ向かう。

熊の魔物もクリスタの存在に気付いたようだ。後ろ足で立ち上がり、両手を大きく広げて威嚇の

姿勢を取る。

二足で立つ姿は巨大で、クリスタのゆうに倍ほどの上背がある。あの太い前足で一発でも食らえば、普通の傭兵ならば即座に再起不能の怪我を負うだろう。

【聖鎧】に包まれたクリスタが食らったところでどうということはないが、わざわざ相手の攻撃を待ってやる義理もない。振りかぶった熊の魔物の懐に入り込むように身を屈め、拳に力を込める。

「先手必勝——聖女パンチ」

当てやすい胴体に拳を叩き込むと、熊は巨体をきりもみ回転させて天に飛び——頭から地面に突き刺さった。

「まずは一匹。この調子でどんどん行くわよ！」

月明かりの下で、クリスタは広い草原を疾走した。

▼　▼　▼

——話は少しだけ前に遡る。

クリスタがルトンジェラに向かった日の夜のこと。教会では一人の少女がため息を吐いていた。

「はぁ」

シスター見習いの少女・エレン。

現在、彼女は大聖堂の見回りの真っ最中だ。各扉のノブに触れ、鍵の閉め忘れがないかをひとつひとつ確かめていく。

本来なら二人一組で見回りをしなければならないが、今日はエレン一人だ。もっと言えば、彼女は今日の当番ではない。

業務を面倒くさがった他のシスターに押し付けられたのだ。

教会で仕事を始めて早五年。一緒に入った少女たちはみな正シスターになっている中、エレンだけは未だ見習いのままだった。

先輩には叱られ、同期には見下され、後輩には先を越されていく。

「私、この仕事向いてないのかな……」

地元の村にいたシスターに憧れて教会に飛び込んだはいいものの、うだつの上がらない日々にエレンは実家に戻るかを真剣に検討していた。

「あら？」

いつものように戸締まりを確認していると、一部屋だけ開いている箇所があった。

扉には見えやすいように『資料室』と、大きくプレートに書かれている。

教会は大きく分けて最前区、中央区、最奥区の三つに分けられている。最前区は一般にも開放されているが、中央区は関係者以外立入禁止、最奥区は関係者の中でも高い役職――聖女や上級神官など――しか入れないようになっている。

資料室はエレンのような見習いが前を通ることのできる中で唯一立ち入りが制限されている部屋だ。噂によると、教会が秘密裏に行っている実験の計画書が隠されているとかいないとか。

そのことを思い出したエレンは、無意識のうちに部屋に入ろうとする。

（――ってダメよ私！　入ろうだなんて考えちゃ！）

資料室は限られた人物しか入れない機密情報が収められている。

もちろん見習いのエレンに入室資格はない。だが、鍵が開いている今なら誰にも気付かれることなく入れる。

知りたい情報がある訳ではないが、人は隠されたものを見たくなる性質を持っている。

エレンも例外ではなく、誰にも気付かれることなく機密文書を閲覧できるという状況を前に心が揺らいだ。

（でも……ちょっとだけなら……）

誘惑に負けてノブを回したそのとき。

かちゃり、と音がして、ノブがひとりでに開いた。

「ひ――!?」

どうやら室内にまだ誰かいたようだ。中から出てきた人物に、エレンは腰を抜かしそうになった。

「せ、聖女マリア様!?」

聖女。オルグルント王国に五人しかいない、教会の中でも特別な地位にある人物だ。

見習いのエレンにとっては雲の上の存在であり、マリアは聖女の中でも特に厳しい人物として知られている。

何度も聖女クリスタを杖で追いかけ回している姿をエレンは実際に見ていた。

「ももも、申し訳ありません！　決して中を見ようとか、誘惑に負けたとかそういうことじゃなくて、戸締まりができていなかったので――」

まとまりのない言い訳が口を衝いて出るが、マリアは気にした様子は無かった。

「おやエレン。アンタは今日当番じゃなかったはずだけど」

「あ……え、あの、その」

仕事を押し付けられたなどとは口が裂けても言えず――後で何をされるか分かったものではない――、エレンはただただ誤魔化すしかなかった。

直接話すことはないが、マリアは曲がったことが大嫌いだ。許可無く交代を了承したこと、二人一組のところを一人で見回っていること。エレンのせいではないが、同罪として折檻の対象になることは想像に難しくない。

エレンは足を震わせた。

（私も聖女クリスタ様みたいに杖で折檻されるのかな……）

「ふん。大方アイリーンとティナに押し付けられたんだろう。全くあいつらは……どこぞの誰かと同じで信仰心がまるでないね」

やれやれ、とマリアは肩をすくめた。

「アンタもお人好しが過ぎるよ。嫌だと思ったことはちゃんと断りな」

「はっ、はい！　申し訳ありません」

エレンが背筋を伸ばすと、マリアは「ふむ」と頷いてからきびすを返した。

「さて。アタシは急ぎで出る用事ができちまった。悪いけど、この部屋の戸締まりを頼むよ。どこかのバカが部屋の鍵も見た資料もほったらかしでどこかへ行ったみたいだからね」

「あ……は、はい、かしこまりました。行ってらっしゃいませ」

マリアの背中が見えなくなってから、エレンは全身の筋肉を弛緩させた。

「た……助かったぁ……」

あのまま誘惑に負けて中に入っていたら、間違いなく杖で百叩きの刑に処されていた。

ギリギリで思い留まった自分を褒め称えながら、エレンは急いで資料室の鍵を閉めた。一度閉めてしまえば上級神官以上の人間でしか開けることができなくなり、もう妙な誘惑はなくなる。

「……そういえば」

緊張が解けたことで、ふと疑問が湧き上がる。

「マリア様、どうして私の名前を知ってたのかしら」

六　活動期

「聖女パンチ」

平野を疾走する勢いを乗せた拳が、巨大な狼型の魔物を吹き飛ばす。

「魔物相手だと気を遣わなくていいから楽ね」

クリスタは万が一の場合があってはならないように、相手が人の時はパンチと同時にヒールを使っている。

しかし魔物相手にそんなことをする必要はない。遠慮せずに全力でぶん殴れる。

「さて次は――」

クリスタのもう一つの職業である魔法研究者はとにかく目が悪くなりやすい。

机にかじりついて本や文献とにらめっこし、新たな論文をしたためる。朝も昼も夜も、時には食事や入浴も忘れて没頭する。そんな不摂生な生活が当たり前なので、視力が下がるのは当然だった。

クリスタも例に漏れず同じような生活を送っているが、目はかなり良い。

ただ、さすがに昼と同じ視野を確保するには工夫が必要だ。

「聖女アイ」

目を凝らしながら、瞳に魔力を集中させる。こうすることである程度、昼間と同じような視野を確保できている。

クリスタは頭をぐるりと巡らせた。聖女アイのおかげで、あちこちに点在する魔物たちの輪郭がはっきりと見える。

頭を伏せ、クリスタを警戒する魔物。尻尾を巻いて一目散に逃げ出す魔物。クリスタに気付かず、呑気に眠っている魔物。

姿形も様々だ、狼型。豹型。馬型。普段から見かける魔物ばかりで、強そうでもない。

クリスタが本当に探している魔物ではなさそうだ。

「ん……？」

獲物を見渡していると、既視感のある魔物を発見する。

ほとんどの魔物には個体差というものがない。同じ種類、同じ型の魔物であれば大きさや危険度はほぼ同一と言っていい。

だから既視感があるのは至極当たり前のことだが——今、発見したそいつは違う意味で見たことがある魔物だった。

蛇型。それも、体長はゆうに五メートルを越えている。

多くの傭兵に重傷を負わせ、『極大結界』の内側にまで入り込んだ大蛇の魔物と同じだ。

「あいつはちょっと厄介だから、今のうちに倒しておきましょうか」

クリスタは姿勢を下げ、一気に大蛇の魔物へと距離を詰めた。

相手もこちらの敵意を感じ取ったのか、下げていた頭を上げ、臨戦態勢に入る。口元を大きく開いた蛇の牙が月に反射して見えた。毒をまき散らすつもりだろう。

（お生憎ね。私にそんなものは効かないわよ）

毒ごと蹴散らそうと、クリスタは避けもせず愚直に大蛇の魔物へ直進した。

直後、暗闇を照らすほどの炎が蛇の口から吐き出された。

『魔力的類似多様生物』——略して魔物は、その名の通り全ての種が魔力を生命の源としている。

そして規模は様々ではあるが、みな魔法を使用している。

大半は無意識に身体強化——牙の硬度を上げたり、爪の鋭さを増したり——だが、中には人間と同じような指向性を持った魔法を使用する種も存在している。

大蛇の魔物が使用した魔法はまさにそれだった。こういう魔法が使える種はその他の魔物より魔法の扱いに長けており、危険度も高い。

てっきり毒が来るものだとばかり思っていたクリスタは、避ける間もなく炎に包まれた。

「びっくりした。さすが新種……と言っておきましょうか」

炎の中からクリスタが飛び出す。その身体は火傷一つ負っていない。

王宮お抱えの魔法使いが放つ渾身の一撃すらも通さない【聖鎧】が、たかだか大陸中央から降りてきた魔物如きに破られる道理はない（余談だが、その魔法使いは自信を喪失して翌月に退職してしまった）。

「逃がさないわよ！」

以前の相手と同じように軽く跳躍してから、頭めがけて拳を振り下ろす。

「聖女パ――――おおっ？」

振り抜いた拳が虚しく空を切った。クリスタ必殺の一撃を、大蛇の魔物はぐるりと器用に身体をうねらせ、躱《かわ》してみせた。

「やるじゃない」

まるで来ると分かっていたかのような見事な回避に思わず声が出る。

大蛇の魔物は回避した状態のまま攻勢に転じる。まだ地に足が着く前のクリスタを器用に絡め取った。右腕以外を拘束され、身動きが取れない状態にしてからギリギリと絞め上げられる。

「効かないって言ってるでしょ」

通常の人間であればそれだけで全身の骨が砕けそうな圧力を受けてもクリスタは平然としていた。触れればヤスリのように肌を削り取る粗い鱗も、【聖鎧】の前では何の痛痒《つうよう》ももたらさない。

クリスタは巻き付かれたまま伸ばした右腕の拳を握り、肘を大蛇の魔物の身体に叩きつけた。

「聖女エルボー」

めり、と音が鳴って拘束がわずかに緩む。その隙を逃さず、足と肘を使って再度同じ箇所を攻めると、ぶち、と音がして胴体が二つに裂けた。

声にならないシューシューとした声を発する大蛇の魔物。痛みに喘いでいるのかもしれない。

千切れた胴体を放置して頭だけが逃げようとするので、クリスタは腕を伸ばしてそれを阻止した。

「ふんっ」

腕の力だけでそれを地面に叩きつける。何度かそれを繰り返すと、大蛇の魔物は動かなくなった。

「炎の魔法を使うなんて、結界内部に入ってきた奴とは別の種かしら?」

魔物は同じ種の場合、使う魔法も同じになる。

しかし大蛇の魔物は違っていた。一方は毒で一方は炎。となると、似た形をした別の種――ということになるが……。

「うーん。どう見ても同じなのよねぇ」

仕留めた大蛇をまじまじと眺める。大きさ、鱗の模様、胴回りの太さ。そのどれもが以前の個体と共通していた。

少なくとも、クリスタの目からは同じに見える。

「……ん？」

ふと、千切れた尻尾側の身体が目に入り、クリスタは視線をそちらに移した。

「こいつも尻尾が切れているわね」

傷の古さから、クリスタとの戦闘中に千切れたものではない。

同じ種のように見えるが、違う大蛇の魔物に共通して同じ傷がある。

奇妙ではあったが、その理由が何なのかまでは思いつかなかった。

「んー。魔物は専門じゃないから分からないのよね。マクレガーなら分かるかもしれないけれど」

ここで唸っていても答えは見つからず、クリスタは別の獲物を見定めた。

こうして【聖鎧】の効果が切れるまで戦い続けたクリスタ。その日は合計で六十二匹の魔物を倒した。

「悪くないペースね」

あとは活動期を引き起こした原因となる魔物の特定を急ぐだけだ。

「早く仕留めて、安定期に戻さないと」

ルトンジェラを安定期にするということはルビィの平和が保たれるということ。

ルビィの平和が保たれるということは世界平和に繋がるということ。

万事すべてがうまくいく、という万物の法則の完成だ。

「よし、引き上げましょうか」

魔力の枯渇を感じたクリスタは満足げに胸を張り、帰路についた。

▼
▼
▼

「おかえり」

宿に戻ると、眠そうなエキドナが出迎えてくれた。

「今日は早いのね。てっきり寝ていると思っていたのだけれど」

「………ああ、まあな」

要領の得ない返答をしながらエキドナはあくびをする。

「日の出まであと二時間しかないぞ。本当に大丈夫なのか？」

「もちろん。慣れてるからね。研究は不眠との戦いよ」

「……いやそれ、ただ単に不摂生なだけだろ」

「すぅ」

「早っ！　もう寝たのか？」

エキドナのツッコミが返ってくるよりも早くクリスタは寝入ってしまった。

驚くべき入眠の速さだ。

「いや、それだけ疲れてるんだな」

たった一人で結界の外に出て、暗闇の中で魔物を屠り続ける。いくらクリスタとて人の子だ。疲れない訳がない。

素顔のクリスタの頭を撫でるエキドナ。

「ホント、こうしてると深窓のご令嬢なんだけどな」

静かに目を閉じて眠るクリスタは、同性のエキドナですらはっとするほど美しい。目と口を開くと途端に残念になってしまうが、外見は本当に完璧な貴族令嬢なのだ。

「ふわ……クリスタも無事だったし、あたしももう少し寝るか」

実はエキドナもほとんど寝ていない。クリスタが決めた事とはいえ、結界の外で一人で戦う仲間を放って眠ることはできなかったのだ。

本人に自覚はないが、やはりエキドナは慈愛の精神を多分に含んでいた。

「すぴー」

「くかー」

——そしてその日、二人は仲良く寝過ごした。

▼▼▼

ルトンジェラでの日々は忙しく過ぎてゆく。

昼は鎧を被ってルビィの様子をちらちらと窺いながらエキドナの手伝いをして。

夜は『極大結界』の外で魔物の調査。

そんな生活を続けること三日。

いつものようにクリスタはエキドナの後ろをついて行きながら、マーカスの待つ作戦会議室へと向かう。

道すがら、エキドナは色々な人からいつも声をかけられる。

「エキドナの姐さん、おはよう」

「おー、おはよ」

「こないだは傷を治してくれてありがとな。おかげでまたバリバリ働けるぜ！」

「あんま無茶すんなよー」

傭兵に声をかけられたと思えば、今度は給仕係の女性に手を振られている。

「エキドナさま、見とくれよこのトマト！」

「おおー！　今日の晩飯が楽しみだ」

ずっとこんな調子で気さくに声をかけられている。

「みんな、私がルトンジェラに来たときと全然違うわね」

「クリスタが来たときはどんな感じだ？」

「そうね……声をかけてくるのはみんな傭兵ばかりだわ」

「なんて言われるんだ？」

「『手合わせをお願いします』。何故かこれしか言われないのよね」

「……」

なんとなくその理由をエキドナは察した。

「もっとエキドナみたいにフレンドリーに話しかけてほしいのだけれど。あなたの誰とでも仲良くなれる能力は真似できないわ」

「これは別に能力とかじゃないだろ」

「いいえ、立派な能力よ」

エキドナは誰とでも簡単に打ち解けられる性格をしている。気難しいソルベティストやユーフェアもエキドナには簡単に心を開いていたし、心なしかマリアもエキドナには甘い気がする。

人徳というものがあるとするなら、エキドナはその数値が恐ろしく高いのだろう。聖女の能力に鑑みても、他者貢献が色濃く出ていることは明白だ。

「ベティは別に気難しくないだろ。お前にべったりじゃねーか」

「そんなことないわ。仲良くなるまで結構かかったのよ？」

「そうなのか？」

子犬のようにクリスタに懐いているソルベティストだが、初対面はかなり険悪だったらしい。

エキドナが聖女になったのはソルベティストよりも後のことなので、当時のことは知らない。

「ええ。あの子ったら、ナイフで――と、作戦室に着いたわ」

「待て、気になるところで話を切るな」

「分かったわ。後でちゃんと話すから」

雑談を重ねている間に目的地へと到着し、クリスタは兜の位置を調整してから中に入った。

活動期に入ってからというもの、マーカスは部屋に籠もりっぱなしだった。

「おっさん、無理し過ぎだぞ」

「いま無理しないでいつすると言うんだ」

マーカスは気を遣わせないようにと顔を無理やり笑みの形にする。

エキドナは癒しの力でマーカスの疲労を軽減した。とはいえ傷の治療と違ってこちらはあまり効果が高くない。彼ほど疲労が溜まっている状態なら寝てもらった方がよほどいい。

「もう少し人手があればいいんだがな」

憲兵への応援要請の返事はまだ来ない。

他の団体にも要請を出しているが……そちらもあまり芳しくない。急に活動期に入ったこちらの事情を汲み取らず、ギルグリンガ山脈の観測を怠っていたのではとマーカスを糾弾《きゅうだん》するような声も出ているらしい。

「怪我人は？」

「軽傷十六、中傷四、重傷ゼロ。エキドナがいることで皆の士気も高い状態を維持できている」

「あたしは関係ないだろ」

「謙遜するな。夜の防衛は今のところ大丈夫だ。問題は昼にこちらから攻め入る時だな。ここで人手不足の影響が――」

マーカスの状況説明を聞きながら、地図を眺める。

地図の上には赤と緑の駒が置かれていた。赤は魔物、そして緑は人間を表している。

駒の大きさは二つあり、それにより数や強さを表現している。観測班からの情報を集約し、魔物がどの地点にどれほど発生し、どのレベルなのかがこの地図を見るだけである程度俯瞰できる。

初日以降、クリスタはこの地図を頼りにその日行く場所を決めていた。

(昨日は北北東だったから、今日はナリーロ平原の東北東方面に行きましょう)

「――とまあ、こんなところだ。続けて治療区での待機を頼む」

「りょーかい」

「しかし、今回の活動期は妙だな」

「妙?」

「ああ。時期や前兆がなかったこともちろんなんだが、魔物の数がどうにも少ない。いや――」

一度首を振ってからマーカスは言い直した。

「数は変わっていない。変わっているのは、死んでいる魔物の数だ」

(ぎくり)

一瞬、クリスタは自分の存在が見られているのかと身体を強《こわ》ばらせた。

「実を言うと、昼の戦闘ではまだ活動期特有の強力な魔物とは遭遇していないんだ。いるにはいるんだが、どいつもこいつもことごとく死体になっている」

クリスタは捜索中、なるべく傭兵たちが苦戦しそうな魔物を率先して倒している。

それのせい(おかげ?)だろう。

「片付ける手間が省けていいじゃねーか」

「そうとも言えんぞ。これは俺の予想だが……」

マーカスはこれまでにないほど深刻な顔で、ゆっくりと告げた。

「とんでもなく凶暴な魔物が平野にいる可能性が高い。今は息を潜めているようだが、ひとたびルトンジェラにやってくれれば戦線が崩れるかもしれん。十分に注意していてくれ」

（よかった、バレてないわ）

これまで以上の警戒を呼び掛けるマーカスに、クリスタはひとまず胸をなで下ろした。

ただ、自分の存在がマーカスに余計な警戒を与えていると考えると少しだけ複雑な気分になった。

▼　▼　▼

会合が終わった後、クリスタはその足でルビィの様子を見に向かう。

一度通報された失敗を踏まえ、以降は調理場を通るふりをしながらこっそり様子を窺う程度に留めている。

クリスタ最愛の妹・ルビィは愛らしい目をぱっちりと開き、妖精のようにしなやかな手で野菜の皮剥きをしていた。

初日に見たようなたどたどしさはかなり無くなり、そこそこ手慣れた様子だ。

（上手になったわねルビィ……！　芋の皮を剥くスピードが昨日より二秒も速くなっているわ！）

その成長ぶりにクリスタは満足げに頷いた。

（あんまり長居したら邪魔になるし、そろそろ行きましょう）

クリスタはそのまま、付近を散策しているフリをしながら調理場を通り過ぎようとした。

その時だ。

「あー、腹減ったぁ」

一人の傭兵が、ぼやきながらルビィの方へ近づいてきた。クリスタと年齢は同じくらいだろうか。マーカスのような歴戦の雰囲気はまだ纏っておらず、どこか軽薄な印象を受ける。彼は寝起き丸出しの顔のまま、ぼさぼさ頭を乱雑に掻きながらルビィに声をかけた。

「なあ。メシまだ？」

「あ……えっと、ごめんなさい。まだ準備の途中なんです」

皮剥きを中断してルビィが顔を向けると、傭兵はあくびを引っ込めて彼女をまじまじと見つめる。

「……君、新人？」

「えっと、はい。先週からここに来……ひゃっ」

傭兵はいきなりルビィの両手を握り、破顔した。

「めっちゃ可愛いじゃん！　名前は!?」

「る……ルビィです」

「ルビィちゃん、か。俺はベイル。よろしく！」

そう言いながら、傭兵――ベイルは、ルビィを上から下までまじまじと眺め回す。

「銀貨八枚……いや、君になら金貨を出してもいいな。どう？」

「……え」

純真なルビィはどういう提案をされているのか理解していない。

ただ――彼の視線がかつてのウィルマと同じ嫌悪感を催させ、身を強ばらせる。

「その……私は」

「固いこと言うなって。俺の部屋番号教えるから、夜に来ごぼぉ!?」

クリスタに殴り飛ばされ、傭兵は地面を滑っていった。

(魔物だけじゃなく、こういう類の脅威も予測しておくべきだったわね)

自分が見ている時で良かった——と、クリスタは胸をなで下ろした。

ベイルの首根っこを掴み、とりあえず目の届かない場所に彼を引きずって行く。

無言で去るクリスタの背中に、ルビィが声をかけた。

「あの、クリスさん。ありがとうございます!」

「……」

クリスタは何も言わず、背中越しに親指を立てた。

▼▼▼

「クリス……って、何だそいつは」

「ルビィにちょっかいをかけようとした不届き者よ」

その辺の草むらにベイルを放り投げる。傷は治療しているので、あと数分もすれば目を覚ますだろう。

「今回はこれで済ませるけれど、今度ルビィに妙なことをしようものなら、もう少しキツいおしおきをしなければならないわね」

「結界の外に捨てるとか言うなよ?」

「そんなことはしないわ。殺人は聖女には御法度――」

そこまで言いかけてから、ふとクリスタは言葉を止めた。

「…………魔物にやってもらえれば、私が手を下したことにはならない……？」

「抜け穴みたいなやり方を発見するな！」

兜を思い切り叩かれ、クリスタは浮かんできた案を放棄した。

治療区での待機を命じられたエキドナだったが、怪我人はほとんど出ていないせいか手持ち無沙汰になっていた。

「こんなに手が空いてていいのか？」

エキドナはそわそわしながら待機所のテントの中でぐるぐると同じ所を回っていた。皆が戦っている中、自分は何もしていないような気がしているのが嫌なのだろう。

「エキドナが暇ってことはみんなが怪我もなく戦えているってことよ」

「そうだけど……あたしが前に出て補助すればもっと早く片付くんじゃないか？」

「あなたはいざというときのための切り札なのよ」

マーカスはかなり防御を意識した布陣にしている。その要となるのがエキドナなのだ。

彼女の能力は多人数のときに最も力を発揮する。治療区に留まらせているのは回復の助力と、万が一の事態を想定して力を温存させておくためだろう。

「そういえば今日、本当は訓練区の視察に行くはずだったのよね」

活動期ということで予定変更になってしまったが、エキドナは訓練区を視察する予定になっていた。

訓練区。文字通り傭兵たちが訓練するための施設だ。開けた場所に布を巻いた武器と案山子《かかし》があり、すぐ傍には武器を手入れする施設もある。

「エキドナは訓練区ではどういう視察をしてるの？」

治療区と違い、訓練区の視察では聖女がすることは基本的になく、ただ見ているだけでいい。聖女が顔を出すことで現地の人間の士気が上がる——と言われているが、それを体感したことはない。

「どうって……ただ見てるだけだぞ。あとは応急手当のやり方を教えたりかな。お前は？」

「手合わせしているわ」

「なんで聖女が手合わせしてるんだよ……」

「頼まれるから仕方ないじゃない」

クリスタの視察では、彼女が来る日には列が形成される。そして先頭の者から順番に手合わせをしていくのだ。

どうしてなのかはクリスタもよく分かっていないが、彼女が行く時にはそれが恒例になっていた。

「実戦形式で戦って、相手の癖とか意識するポイントとかを伝えていたんだけれど」

「聖女がやることじゃねーだろそれ……」

はぁ、とエキドナは前髪をかき上げる。

「お前といると聖女の概念がぶっ壊されそうだよ。それにしても……何もしてないとモヤモヤするな」

「そういう時は散歩するといいわよ。一緒に治療区をぐるっと回らない？」

クリスタも研究が行き詰まった時は外を出歩いて気分転換をしている。

「……いや、怪我人が出た時に待たせちゃ悪いからやっぱりここにいとく。お前だけでも行ってこいよ」

「分かったわ」

（しばらく一人にさせた方が気分転換になるかもしれないわね）

そう考えたクリスタはしばらく外に出ることにした。


治療区は平穏そのものだった。最初に到着した時は野戦病床特有のなんとも言えない臭いがして衛生状態も微妙だったが、完璧にリセットして今はそれがすっかりなくなっている。

病床使用数もほぼゼロを維持できている。

この風景だけを切り取って見れば、とても活動期に入っているとは思えない。

（エキドナのおかげね）

治療に関してクリスタは全く関与していない。すべてエキドナの力によるものだ。

エキドナは自分を過小評価しているが、やはり彼女の存在は非常に大きい。

「おや。あなたはクリス殿でしたかな」

声をかけられ、クリスタはそちらを振り返った。

マーカスと同年齢くらいの男性治癒師が薬を煎じる手を止め、クリスタの方を見上げている。

何度か顔を見たことがあるベテランの治癒師だ。

鎧の人物＝エキドナの連れということは広く周知され、クリスタを見て怪しむ者はもうほとんどいない。

　通報されたおかげ、というべきだろうか。

「先日はお世話になりました。あなた方がいらっしゃらなかったら、あの四人は助からなかったでしょう」

（私は何もしていないわよ）

　という意思を込めて手を横に振る。

　クリスタの意図を正しく理解したのかは分からないが、彼は小さく微笑んだ。

「聖女様の偉大さを知る度に、己が力の無さを痛感します」

　彼はすっかり空になった重傷者用のテントを見ながら、しみじみと呟く。

「マリア様。クリスタ様。ソルベティスト様。エキドナ様。ユーフェア様。今代の聖女様がたはこれまでの聖女様とは異なる力をその身に宿されておりますが……そのことに戸惑いや反発の声も多い、という話はこの辺境の地にまで届いております」

「……」

　クリスタたちが新たに獲得した聖女の能力は複雑な事情を抱えている。聖女を管轄する教会が、それを否定しているためだ。

　聖女は神から下賜《かし》された奇跡の力をその身に宿す。

【守り】と【癒し】、そして『極大結界』を管理する力。

　それらは一般の魔法とは一線を画すものである。

——なのに『魔法の拡大解釈理論』が通用してしまえば、それは神からの贈り物ではなく、何か特殊な魔法の一種ということになってしまう。

神の奇跡とされる聖女の存在が、一般の魔法使いと同一に引き下げられてしまうのだ。教会の教義的に、どれだけ便利な力であろうとそれを認める訳にはいかなかった。

しかしクリスタにそんなことは関係ない。『拡大解釈理論』は間違いなく聖女の力に適用されているのだから。

クリスタからすれば神や奇跡などという曖昧なものの存在よりも、目の前で起きた事象を事実として認める方がよほど大事だ。

その上で、なぜそうなっているのかを探っていかなければ新たな理論の発見も、技術の発展も望めない。

「非常に残念なことですが、この地にやって来る傭兵の中にも聖女様を否定する者はおります」

「……」

旧聖女派、聖女否定派、憲兵崇拝派、などなど、聖女には何かと敵も多い。

「確かに今代の聖女様がたは皆さん……その、こほん。とても個性的でいらっしゃいます」

突然奥歯にものが挟まったような物言いになる治癒師。関係者——というか本人——を前に、さすがに言葉を選んだようだ。

「しかし全員が王国を守護する聖女として申し分ない御力と人格をお持ちである、と断言できます」

治癒師はクリスタの前で頭を垂れ、懇願した。

「我々は聖女様の庇護が無ければ生きていけません。エキドナ様の護衛をどうかよろしくお願いします」

「……」

声を出すことはできない。なので、クリスタは返事の代わりとして力強く親指を立てた。

七　反聖女派

治癒師との会話が終わり、クリスタはエキドナの待機するテントへと戻ろうとした。

その間にも、いろいろと声をかけられる。

「鎧の人！　エキドナ様をよろしく頼むよ」

「護衛の兄ちゃん！　エキドナ様は無理してないか？」

「あの。これ、よかったらエキドナ様と召し上がってください」

どこに行ってもエキドナ、エキドナ、エキドナ。

クリスタが来たときももちろん好意的ではあるがここまでではないし、声をかけてくる大半は傭兵たちばかりに偏っている。

しかしエキドナは老若男女、すべての人々に好意的に思われている。

（愛されてるわね、エキドナ）

兜の下で微笑んでいると、二人組の傭兵が神妙な顔で近付いてきた。

「なああんた。聖女サマの護衛ってのは誰にでもなるチャンスがあるのか？」

「実は俺たち、聖女様の騎士に立候補しようと思っているんだ。傭兵でもなれるのなら、だけどな」

聖女の護衛はクリスタの存在を隠すためにでっち上げたものだ。どんな功績を打ち立てようとなれるチャンスはない。

ぶんぶん、と手を横に振ると、傭兵たちはあからさまに肩を落とした。

「そうか……やっぱり騎士でないと無理か」

実際は騎士だろうとなれないのだが。

あまり深くツッコまれるとボロが出てしまうので、クリスタはそそくさと話を切り上げた。

離れる際、悔しさを滲ませる傭兵たちの声が耳に届く。

「くぅ……ユーフェア様、あの可憐なお姿を見ることはもう叶わねぇのかなぁ」

（なるほど。ユーフェアが目的なのね）

傭兵はユーフェアのファンのようだ。

ユーフェアは能力だけでなく、その容姿に魅せられてファンになる者も多い。

クリスタも初めて彼女の顔を見たときは目を見張ったことを思い出す。

二人ともユーフェア狙いなのかと思いきや、もう片方の傭兵は別の聖女の名を挙げた。

「俺は断然クリスタ様だな」

（え、私？）

まさか自分にファンがいるとは。

クリスタは足を止め、少しだけ、ほんの少しだけわくわくしながら傭兵の言葉に耳を澄ませた。

――続けて入ってきたのは、とんでもない言葉だ。

「あの方に罵倒されながら殴られて、踵でグリグリされてぇぜ」

(――……えーと)

「そういうことを往来で言うな。俺まで変な目で見られるだろうが」

「よく言うぜこのロリコン野郎が」

「なんだと?」

「なんだよ」

特殊な何かをお持ちの二人が、睨み合いながら火花を散らす。

クリスタは何も聞かなかったことにして、足早にその場を去った。

▼　▼　▼

(どこかしら、ここは)

傭兵を避けるように迂回したせいで、普段は通らない道に入ってしまった。

来たことがあるとはいえ、年に一度か二度程度だ。行き慣れていない道はさすがに迷ってしまう。

(早く戻らないとまたエキドナに余計な心配をかけてしまうわ……ん?)

人の気配がして、クリスタは足を止めた。首を回すと、森の中に見慣れた人物を発見する。

（マーカス？　何をしているのかしら）

マーカスの正面には、光を反射する白の甲冑に身を包んだ男がいた。

憲兵だ。

（応援が来たのね。けれどどうしてこんな森の中に？）

なんとなく違和感を覚え、クリスタはこっそりと様子を窺うことにした。

ある程度の距離まで近付くと、声が聞こえてくる。

「――第十六、十八、二十から二十二までの部隊。総勢五十を超える戦力があります。これだけいれば十分でしょう」

白い甲冑を装備した憲兵は三人いた。その中で一人だけ、兜を外した金髪の男がマーカスと会話をしている。

「助かります。それだけいれば大変に心強い」

「ええ、我々にご協力いただければすぐに部隊を手配いたしましょう。このレイモンド・チャンドラの名にかけて活動期を鎮めることを約束します」

（うん？）

クリスタは首を傾げた。

今のルトンジェラの状況を理解しているのに、相手は交換条件を持ち出してきている。

正規の手続きを踏んでいるのであれば、そのような事は決してあり得ない。

「協力とは？」

レイモンドは一枚の誓約書をマーカスに差し出した。

「共に聖女を排除する運動に参加していただきたいのです」

「なんですって?」

怪訝な表情を浮かべるマーカス。

「昨今、ミセドミル大陸を取り巻く現状は厳しいものとなりつつあります。サンバスタ王国の内戦は未だ収まらず、ワラテア王国は今も領土を拡大している」

両手を大きく広げ、レイモンドは説明を続ける。

「我がオルグルント王国はどうか? この五十年間、僅かも領土を広げていない。何故か? 『極大結界』があるからです。『極大結界』を広げれば話は早いのですが……それはできない。聖女の力が足りていないからです。聖女が不甲斐ないせいで、我々は領土を広げられない」

この国は『極大結界』の大きさに合わせているので、レイモンドの言い分は一部正しい。

『極大結界』は負担する人数や魔力の負担割合は変更できるが、効果範囲は広げられない。

『極大結界』はクリスタが聖女になった五年前、真っ先に研究対象とした。どのような原理で聖女から魔力を取っているのか。どのような原理で魔物にだけ効力を発揮しているのか。

色々と実験を重ねた結果、分かったことは「何一つ分からない」ということだけだった。

そもそもたった五人で国土を覆えるような結界を維持できてしまうこと自体が既存の魔法理論では考えられないものだ。

聖女に与えられる【守り】と【癒し】の力以上に『極大結界』には謎が多い。

それを力不足と言われればそうかもしれないが……。

(不甲斐ないは酷くないかしら)

草むらの中でクリスタは唇を尖らせた。

「もはや人間の敵は魔物ではありません。同じ人間なのです。税を貪る聖女どもを解任し、教会を解体。浮いた税で領土を広げていかなければ我々はいずれ侵略され滅びてしまいます」

「……具体的に、私は何をすれば？」

「今、ルトンジェラに聖女が視察に来ておりますね？　彼女を利用するんです」

レイモンドは前のめりに聖女失墜のための作戦を話し始める。

「まずはこの活動期を乗り切りましょう。その後、声明を出すのです。『聖女は真っ先に逃げ出した』『結界は何の意味もない』と。そう仰ってください。我々はその声明を各地に広め、聖女の――ひいては教会の求心力を落とします」

「なるほど」

「これまでの高圧的な聖女も酷かったが、今代の聖女たちは輪をかけて酷い。単なる変人の集まりだ。もはや彼女たち自身が神を冒涜する存在と言っても過言ではありません。そんなもの、居なくなってしまえば良いとは思いませんか？」

「ええ、そうですね」

「おお。さすがマーカス殿だ。話が早くて助かります。さあ、その誓約書にサインを――」

「何を勘違いしてるのでしょうか」

レイモンドから受け取った誓約書を、マーカスは真っ二つに破り捨てた。

「『あなたのような反聖女派、居なくなってしまえばいい』──私はそう思います」

マーカスのこめかみには、クリスタが隠れている距離からでもはっきり分かるほどの青筋が浮かんでいた。

「な──何をなさるのですか！」

「レイモンド殿。失礼を承知で──ああもう、堅苦しい言い方はやめだ」

首を振るい、マーカスはいつもの口調でレイモンドと、後ろで控える反聖女派の憲兵たちを睨む。

「黙って聞いてりゃ調子に乗りやがって。『極大結界』が不要？　領土を広げる？　本気で言ってるならとんだおめでたい連中だ」

「わ、我々を愚弄する気ですか！」

「現実が見えてねえって言ってるんだ。外の魔物をナメすぎだ」

口調の変わったマーカスにレイモンドたちは気圧されている。

「魔物⁉　あんな雑魚に国が脅かされるはずがないでしょう！」

「内地の魔物としか戦ったことがないからそういうふざけた意見が出るんだよ」

『極大結界』の役割は外部からの魔物の侵入を防ぐもの。よって内地でも少数だが魔物は出現する。

しかしそれらは大陸中央からやってくる魔物とは似て非なるものだ。

「多少強い魔物がいるからと弱気になっているだけでしょう！　この合金でできた鎧にはどんな魔物でも傷一つ付けることはできません」

「壊すことは無理だな。しかし継ぎ目はどうだ？」

「はっ。魔物がそんな場所を狙うはずがないでしょう」

「だからナメすぎだって言ってんだよ。魔物に知性はないが、知恵はある」

魔物は、時に人間の予想を上回る頭の良さを見せることがある。

鎧の構造を理解し、弱点となる継ぎ目を狙う程度は当たり前のようにしてくる。

「外の魔物をナメるのはまあいい。お前らが死にに行こうがどうでもいいからな。けど、聖女をナメることは俺が許さねえ」

マーカスは手で背後を指し示す。その先には、魔物の巣窟――大陸中央に聳《そび》えるギルグリンガ山脈が見えた。

「よく聞け。他国がみな大陸の端にしか建国していない中、オルグルント王国だけがミセドミル大陸の内陸部にある。その理由が何故だか分かるか？」

憲兵たちは顔を見合わせる。誰も答えを持ち合わせていないようだった。

「『極大結界』があるからだ。それを持たない他の国は建てた傍から消えていった」

細かく破いた誓約書を手のひらの上に掲げると、風に乗ってそれが舞っていく。

「この大陸の支配者は魔物。人間は隅っこでしか生存を許されていない。その常識を覆す存在が聖女だ」

本来なら滅亡して当然の場所にオルグルント王国はある。それが今日も健在なのは『極大結界』の――ひいては聖女の存在あってこそ。

マーカスは長くルトンジェラにいる中で、骨身に沁みてそれを理解していた。

「俺たちがこの地でのうのうと生きていられること自体が奇跡なんだよ。これが聖女の加護でなくて何だと言うんだ？」

「あんな税金泥棒連中など――ッ」

「あ？」

マーカスの鋭い眼光に射抜かれ、レイモンドは口を噤んだ。

ただ睨まれているだけなのに、まるで剣を喉元に突きつけられたかのように動くことができない。呼吸すらも忘れ、ただじわりと汗を滲ませる。

「――口の利き方に気を付けろ。次はねえぞ」

「か、は」

マーカスが視線を外すと、レイモンドは忘れていた呼吸を再開させ、軽く咳き込んだ。

「げほ……く、口の利き方に気を付けるのは貴殿の方だろう！　そんな態度をされてなお手を貸すほど我々は温厚ではないぞ！」

それは歴然とした脅迫だった。

ルトンジェラの状況を知った上で、戦力の貸与と反聖女派への寝返りを強要している。

「貴殿が我を通したせいで部下を死なせてもいいのか⁉」

「てめーらの手助けなんぞいるか。帰れヒヨッコ共が」

しっし、と手を払う仕草をするマーカス。

「話の分からない野蛮人め！　後で後悔しても知らんぞ！」

レイモンドは顔を真っ赤に染め上げながら吐き捨て、その場を去って行った。

▼　▼　▼

「――ということになった」

作戦室に戻ったマーカスは、開口一番で応援を拒否したことを皆に告げた。

深く頭を下げながら。

「あー……なんか悪いな。あたしのせいで」

自分がいたせいで来るべきはずの応援が来なくなったため、エキドナは気まずそうにしていた。

「エキドナのせいじゃないんだ。相手の機嫌を損ねず、反聖女派にならず協力を引き出す言い方なんていくらでもあったはずなのに……ついカッとなってしまった。リーダー失格だ」

「マーカスの旦那、顔を上げて下さい！　今の話のどこに謝ることがあるってんですか」

話を聞き終えた傭兵ギルドの面々が声を上げる。

「今の話を聞いて、俺は胸がスカッとしましたぜ！　なあみんな⁉」

「そうだ！　反聖女派だなんてとんでもねえ！」

「むしろそう仰らなければ軽蔑しているところでしたよ」

「憲兵なんぞに頼らなくてもやれるってことを証明してやりましょうぜ！」

口々にそう叫ぶ。

「みんな……」

「心配ねえよ旦那。なにせ俺たちには『扶翼の聖女』エキドナ様がついているんだぜ！」

「お、おう」

皆の視線が一気に集まり、エキドナは気圧されていた。

「まさかあたしのせいで救援要請がなくなっちまうとは」

治療区の控えテントに入ったエキドナは椅子を傾けながら天井を見上げた。

「エキドナのせいじゃないでしょ」

「けど、あたしがいなかったら憲兵は普通に手を貸してくれてただろ？　そう考えるとやっぱりもやもやするな」

聖女の威光は地域によってばらつきがある。王都では教会本部が睨みを利かせており、外縁部は聖女の恩恵を直に受けているため尊敬を集める対象となるが、そのどちらからも離れている内地はそれほどでもない。

大して何もしていないのに神の名を借りて税金でぬくぬくと暮らしている訳の分からない連中──と思う者は一定数現れてしまう。

人の数だけ考え方はある。クリスタの『拡大解釈理論』で反応が二分したのが良い例だ。

いくら正しさを証明しても、人の感情は事実を受け入れないことがある。

クリスタは人の感情の機微に疎いが、そのことだけは理解している。

「憲兵が五十人来るよりもエキドナが一人いる方がよっぽどルトンジェラにとって嬉しいことだわ」

「……そう思ってもらえるよう、せいぜい頑張るよ」

「早く収束するよう、調査を頑張るわ」

複雑なエキドナの心中を察することができないクリスタは、地図を広げて夜の行動範囲を決め始めた。

▼▼▼

魔物の活動期が確認されてから一週間が経過した。

憲兵の助けよりも聖女を選んだマーカスの判断はルトンジェラの人々に好意的に受け止められた。

結界の穴が一つでも反聖女派になってしまえば聖女という体制が傾く――というレイモンドの着眼点は悪くなかったが、人々の感情を逆撫でするだけに終わっていた。

その怒りは傭兵だけでなく、非戦闘員にまで波及している。

「なんてバチ当たりな！　アタシたちの生活は聖女様のご加護の上に成り立っているってのに！」

「ローサさんの言う通りです！　お姉――じゃなかった、聖女様たちはみんな国民の平和のために頑張ってるのに、そんな酷いことを言うなんて許せません！」

ルビィも眉間に皺《しわ》を寄せ、拳を握り締めながらぷりぷり怒っている。

彼女たちの声に応えるためにも、一刻も早く活動期の原因となる魔物を討伐しなければ――と、クリスタは決意を新たにした。

「――って、意気込んではいるものの、いないわね」

夜の平野を駆け回りながら、クリスタはぼやく。

回れるところはすべて回ったが、活動期を引き起こすほどの大物とはまだ出会えていない。

たまたま出会えていないのか、向こうがクリスタを避けているのか。

森の中にまで捜索の手を伸ばすことも考えたが、さすがに遠すぎる。

「私の仮説が間違っていたのかしら」

うーんと唸りながら、背後から飛びかかってきた狼型の魔物を裏拳で殴り飛ばす。

表ではエキドナが怪我人を片っ端から治療し、裏ではクリスタが魔物を間引きし続ける。

二人の活躍により、活動期にも拘わらずルトンジェラは平和そのものだった。

「このまま何事もなく活動期が収まればいいけれど……」

平野から見えるルトンジェラを眺めながら、クリスタは呟いた。

「こっちだけでなく、あっちもね」

▼　▼　▼

「なぜだ！」

レイモンドは滞在していた村で机を叩いた。

ルトンジェラの人数は把握している。活動期に耐えられるはずがない。

――はずだったのだが、持ち堪えるどころか、安定期と思えるほどの平穏を維持していた。

「あの野蛮人め……どんな手品を使っている。なぜ死亡者が一人も出ない！」

オルグルント王国では反聖女派は一定数いるものの、依然として聖女派が大多数だった。

教会へ回される無駄な税をせき止め、国力の増強に充てなければいずれオルグルント王国は侵略されてしまう。

そんな考えに支配されていた彼は、長らくルトンジェラを切り崩せないかと考えていた。

結界の穴は聖女との結びつきが強い。そんな彼らが聖女を批判すれば、状況は一気に反聖女派が有利になると目星を付けていたのだ。

ルトンジェラからの救援要請を見た時、彼は天がついに我らに味方したと信じた。

突然始まった活動期に、ルトンジェラは前代未聞の危機に陥っている。

レイモンドは憲兵を派遣できる地位にあり、助けられるのは自分だけ。

そして――彼の地にはいま、聖女がいる。

回答を焦らして、焦らして、焦らして……。絶対に断れない状況にまでマーカスを追い込んだ。

マーカスが選べる選択肢は一つしかなかったはずだ。

――なのに彼は自分たちではなく、聖女を選んだ。

その事実にレイモンドはどうしようもない敗北感と怒りを覚えていた。

「いずれ魔物は駆逐され、人間同士が争い合う時代がやってくるというのに。どいつもこいつも、なぜそれが理解できないんだ」

レイモンドは熱くなった頭を冷やすように首を振った。

「レイモンド隊長。いかがされますか」

「マーカスを反聖女派の同志に引き入れる――という発想がそもそも良くなかった。新しい時代の潮流を理解しない古い人間は切り捨てて然るべきだ。頭でっかちなマーカスを引きずり下ろし、同志の中から新たな長になるよう働きかける」

「しかしレイモンド様。マーカスを引きずり下ろすと言っても、どうすれば……?」

「簡単だ。ルトンジェラをさらに追い詰め、我々に頼らざるを得なくすればいい」

活動期を鎮めた後、マーカスが自分の力を驕りみすみす民を危険に晒したと訴えればいい。

「そう都合良く追い詰められるでしょうか? 現にルトンジェラは前線を維持できています」

もう一人の部下が首を傾げると、レイモンドは暗い笑みを浮かべた。

「いいや。むしろこれまでよりも簡単だ」

▼
▼
▼

「ローサさん。味を見てもらえますか」

「んー……もう少し塩を足した方がいいね」

「はいっ」

クリスタが魔物をちぎっては投げている間に、ルビィは下ごしらえ全般を終え調理の一部を任されるようになっていた。

芋の皮剥きでおどおどしていた姿はもうどこにもなく、調理場では立派な戦力に数えられている。

(最初はどうなることかとハラハラしていたけれど……)

汗を流しつつ楽しそうに働くルビィを物陰で眺めながら、クリスタは唇の端をにまにまと緩めた。

「しかし寂しいねえ。あと何日かしたら帰っちまうだなんて」

ルビィの派遣期間は三週間。それを過ぎればエレオノーラ領へと戻らなければならない。

ルビィの成長を間近で見ていたローサは泣き真似をしながらルビィを抱きしめた。

エレオノーラ領でそうだったように、ルビィはその愛くるしい笑顔でルトンジェラの人々をも魅了していた。

「いっそここに永住しちまいなよ」

「ありがとうございます。そう言っていただけてとても嬉しいです。けれど……」

「分かってるさ。返事に困るようなことを言っちまって悪かったね。あと少しだけど、残りの期間もよろしく頼むよ」

「はいっ」

妹がこれほど頑張っているのに、頑張らない姉がどこにいるのだろう。

今日も今日とてクリスタは夜な夜な魔物の殲滅《せんめつ》に向かう。

「さて、行ってくるわ――と」

いつもの黒装束に着替えたところで、懐の念話紙が魔力の揺れを感知する。

ユーフェアからだ。

『クリスタ。いま危ないところにいる？』

砂をこすり合わせたような音と共に、ユーフェアの声が響く。

「危ない――と言えば危ないところかも。どうしたの？」

『よくないものが見えたから、伝えておこうと思って』

よくないもの。

ユーフェアがこう言う時は、何か悪い出来事が起こる予兆だ。

『妖精が宝石を濡らすと八叉槍と鷹の目を呼び寄せる。宝石を壊されないように気を付けて』

▼　▼　▼

「それじゃルビィ、明日もよろしく頼むよ」

「はい、おやすみなさい、ローサさん」

「……」

寝床に入るルビィを物陰から一人の男が眺めていた。

「ああ、ルビィちゃん」

ルビィをナンパしていた傭兵、ベイルだ。

彼はクリスタによってちょっかいを出していたことを通報され、ルビィへの接近禁止令が出されている。

「あんな可愛い子が来るなんてそうそうないのに、そりゃねえよ」

とはいえ接近禁止令を破ることはできない。ベイルは過去に同様の規則違反をしており、あと一回注意を受ければ傭兵ギルドを除名されてしまう。

そうなれば後はもう落ちるところまで落ちるしかなくなる。

ただ、自分の今後を天秤にかけて迷うほどにルビィはベイルの心を掴んでしまっていた。

相応の金額を積むことでこっそりと禁止令を解く——なんていう裏道も存在しているが、そんな大金は彼のポケットには入っていない。

「見てても禁止令は解けねえんだよな……はぁ」

見ていても未練が募るだけ。

もう諦めようとその場を離れようとして、きびすを返した先に男が立っていることに気付く。

顔は隠れていて分からなかったが、この暗がりでも分かるほどいい身なりをしている。

ルトンジェラの外から来た商人だろうかと考えていると、男はベイルに声をかけた。

「すみません」

「俺？」

「ええ。あなたに仕事をお願いしたいのですが」

男が懐から取り出したものは、財布だ。

外から見ただけでも中身が詰まっていると分かるほどの。

「成功報酬は金貨十五枚」

「じゅっ……!?」

「詐欺ではありませんよ。その証拠として、受けていただけるなら前金として三枚お渡しします」

「乗った！」

内容も聞かず、ベイルは男の提案に乗った。

八　新米聖女とルトンジェラ

活動期が始まった数日前、ルトンジェラには緊迫した空気が流れていた。

一般的な魔物の習性は研究が進んでおり、比較的安全に討伐する手段は確立できている。

しかし、活動期になるとそうはいかない。

平野で普段見かけない魔物の数が圧倒的に増え、またそれらの力も強くなる。

討伐時間は延び、被害も当然のように増える。

活動期は周期があるため、計算すればある程度は起きる時期を予見できる。

そのおかげでこれまではある程度、余裕を持った対応ができていた。

だが、今回は違う。突然、何の予兆もないまま活動期が始まった。

唐突すぎたために援軍の派遣もままならない——それにしては回答が遅すぎるが——という状況だ。

唯一の救いは、聖女エキドナが視察に来てくれていたこと。

彼女にはかなりの負担を強いる形になるが、最大限の助力を請うつもりだった。

聖女エキドナの力があれば三割超えを覚悟していた被害も、一割程度にまで抑え込めると踏んでいた。

（しばらくは戦いに明け暮れる日々になるだろうな）

マーカスは万全とは言えないまでも、できる限りの手を打って決死の覚悟で事態に臨んでいた。

……なのに。

「何がどうなっている」

「私も、何が何だか」

部下と共に、マーカスは首を傾げ合っていた。

連日上がってくる報告書は、覚悟していたものとは程遠い内容が簡潔に記載されていた。

――被害、ゼロ。

時期はずれの活動期で、援軍もないまま。

戦いに明け暮れる日々どころか、平時よりも平和になっている。報告が無ければ、今が活動期だと誰も思わなかったほどだ。

「このような活動期は初めてです。やはり何かの予兆でしょうか」

不安そうにする副隊長とは反対に、マーカスは既視感を覚えていた。

「まるで彼女が視察に来ていた時のようだ」

「彼女？」

「聖女クリスタ。会ったことはないのか？」

「突飛な人物ということは伝え聞いておりますが、本人と会ったことはありません」

「そうか。結界の穴にいる以上、いつかは会うことになる。その時に目玉が飛び出ないよう、ひとつ昔話をしよう」

▼
▼
▼

三年前。

まさに活動期の最中に、その人物はやって来た。

聖女クリスタ。二年前、老衰を迎えた聖女グレイスに代わり新たに任命された若き聖女だ。

彼女の第一印象は「変」の一言に集約される。

分厚いメガネと乱雑にまとめた金髪。女性にしては高い上背。そして聖女の正装である法衣の上には、何故か白衣を羽織っていた。

教会からの視察命令書——偽造を疑ってかなり入念に調べたが、本物だった——を持っていなければ、法衣と白衣を着ただけの変人にしか見えない。

「視察は初めてですが、よろしくお願いします」

「え、ええ……こちらこそよろしくお願いします」

「あ、私あんまり口調とか気にしないので。話しやすいように話してもらって大丈夫ですよ」

クリスタは神の代行者たるべき格式めいたものを全く持ち合わせていなかった。

しゅび、と気楽に手を上げて挨拶され、マーカスは戸惑った。

これまでの聖女はみな高齢だった。

かつては消耗品のように捨てられ、五年程度で代替わりしていた聖女たち。聖女マリアが取りまとめるようになってから死亡率は著しく低くなり、二十年ほど同じ顔ぶれが続いていた。

歴代聖女たちはみな、格式を重んじている。へらへら笑っているが、聖女クリスタもその一員だ。言葉通りに受け取って下手な調子で接すれば、後で何を言われるか分かったものではない。

（試されてるのか？　しばらく警戒しておくか）

マーカスはクリスタとの接し方を、これまで通りに定めた。

「お気遣い下さりありがとうございます。しかしこれが普段の口調ですので」

「そうですか」

特に気にせず、クリスタは周辺を見渡した。

「結界の穴に来るのは初めてです。外の魔物は強いんですよね？」

「おっしゃる通りです」

「しかも今は活動期！　より強い魔物が野に降りてくるんですよね？」

「ええ。しかしご安心ください。聖女様には安全な場所にて癒し手となっていただければ――」

「いえ、前線に出ます」

「……は？」

一瞬、我が耳を疑った。

【守り】と【癒し】の担い手である聖女が、前線に出る？

（なんで？）

マーカスの頭の中を、疑問符が埋め尽くした。

「内地の魔物は弱くて相手になりませんからね。いい実戦データが取れるまたとない機会です！」

拳と掌を合わせ、ぱん、と音を鳴らすクリスタ。

何気ない所作だったが、長らく傭兵ギルドに所属し戦ってきたマーカスは、それが素人の動きではないとすぐに理解した。

「【聖鎧】がどこまで通用するのか、実験開始ね」

メガネのせいで目元は見えないが、弾んだ声から察するに。

（この聖女、活動期と聞いて「わくわく」してないか？）

結界の外の魔物に新技が通用するのかを試したい。

若き新米聖女クリスタは、そう言い放った。

「あ、【聖鎧】っていうのはですね、聖女の力と私の理論を掛け合わせたものでして――」

【聖鎧】とやらについての解説を始めるクリスタ。

しかしそれは驚きのあまり思考硬直を起こしていたマーカスの耳には届かなかった。

（聖鎧とやらを試すために、聖女の視察を利用したってことか？）

マーカスは頭を抱えた。

己が能力を弁えずに特攻して命を落とす若者はどうしたって一定数出てくる。

クリスタは初めての視察で舞い上がり、そういう若造と同じ心境になってしまっている。

（今の結界の外がどれほど危険か、まるで分かってねえな）

外の魔物は内地とは比べようもなく強い。誇張でも比喩でもない、純然たる事実なのだ。

内地の魔物に技が通用したからといって、外で同じようにそれが機能するとは考えられない。

「あの、聖女クリスタ様。お言葉を返すようで申し訳ありませんが――」

マーカスは外の魔物がいかに危険であるかをできるだけ噛み砕いて説明した。

大きな眼鏡のせいで目線はほとんど分からなかったが、ふんふん、と頷いているので話は聞いてくれている。

「ほうほう。それは初めて聞きました。やっぱり現地で聞く生の声は違いますね。マクレガーにも教えてあげよう」

（誰だよそれ）

クリスタは貴族出身と聞いていたが、マーカスは全くそういう印象を抱かなかった。

貴族といえば「下民ごときがこの私に指図するか！」といった態度の者が多い。

マーカスが接したことのある貴族たちのほとんどは憲兵。それも親に言われて嫌々従事しているような貴族の次男や三男ばかり。

それに偏りがあると言われればそれまでだが。

「――という訳です」

「お話を要約すると、危険だから外の魔物を使っての実験は止めたほうがいい、ということですね？」

「ええ」

「分かりました」

「分かっていただけて何よりです」

「気を付けて実験しますね」

「分かってない⁉」

相手が聖女ということも忘れ、マーカスは思わずツッコんでしまった。

それで気分を害した様子もなく、クリスタは「どこに行こうかな」と、結界の外の地図を眺めている。

「初日ということで、今日だけは魔物の密集度が少ないところがいいですね。どこかありますか？」

まるで観光地に行くくらいの気軽さで、クリスタはマーカスに尋ねた。

「……っ」

立場上、マーカスは聖女に命令はできない。できるのは嘆願と助言だけだ。

クリスタが意見を曲げない以上、マーカスは従うしかないのだ。

たとえどんな結果になってしまったとしても。

「……本当に、よろしいのですか？」

「もちろんです。そのために来たんですから」

「案内係を付けます」

「ありがとうございます。助かります」

案内係と称し、最も腕の立つ男を護衛に付けた。彼が抜けた穴を埋めるのは非常に辛いが、クリスタが自ら言い出したこととはいえ、死地に向かう彼女を放置はできなかった。

「心配なさらないでください。理論上はオーガの一撃でも壊れない強度なので」

「……道中、くれぐれもお気を付けください」

何を言ってるんだこいつは、という表情が顔に出てしまう前にマーカスはクリスタから背を向けた。

しかし。

「……こんな日があるものなのか」

その日は活動期の真っただ中にも拘わらず、魔物の侵攻がとても緩やかだった。

クリスタに付けた護衛が抜けた分を差し引いても十分に戦線を維持できた。

特に、クリスタたちが向かった北東のラダーク平原の方面。

そちらから来る魔物は一匹もいなかった。

この分では、オーガの一撃も通さないと豪語していた新技の出番は無かっただろう。

「今日はいいとして、問題は明日からだな」

たまたま魔物が少なかったおかげでなんとか凌げた。しかし、こんな日が毎日続きはしない。

活動期の最中に世間知らずの聖女をお守りしなければならない。

「『今日は魔物と出くわさなかったから、もっと前に出たいです！』なんて言い出さないだろうな……」

明日から始まる憂鬱《ゆううつ》な日々を想像し、マーカスは深く嘆息した。

ちょうどその時、部屋の扉がノックされる。

「マーカスの旦那ぁ！」

「お、帰ってきたか」

入ってきたのは、クリスタの護衛を頼んだ傭兵だった。

「ぜぇ……はぁ……」

「今日はご苦労だったな。報告を聞こう」

よほど急いでいたようで、彼が切れた息を整えるまでしばらくの時間を要した。

「あの聖女、やばいです！」

強力な魔物を前にしても一歩も怯まない歴戦の男が、随分と慌てた様子で叫ぶ。

「まあ、前線に行きたいとか言うくらいだからな」

「そうじゃないんですよ！」

「？」

彼の慌てぶりに、マーカスは首を傾げた。

今日、彼と聖女が向かった場所に魔物はいなかったはずだ。新技の出番もなく終わったに違いないとばかり思っていたが、何かあったのだろうか。

「魔物は来なかったはずだろう？」

「違うんですよ。来たんです、いつも通りの数！」

おかしなことを彼が口走る。いつも通り魔物が現れたのならば、結界の穴付近にもっと来るはずだ。

「報告では、今日は魔物の数が全体的に減少傾向だった。特に、北東方面からは一匹も来なかった。それが違う、と？」

「そうです。魔物の数はいつも通りでした。けど……」

「けど？」

続いて彼が口にした言葉は——聖女クリスタが「前線に出たい」と言い放ったことよりも衝撃を以てマーカスの耳に届いた。

「北東から来た魔物たち全部、あの聖女がぶっ飛ばしたんですよ！」

▼▼▼

薄っすらとした光に包まれながら、次々に魔物をぶっ飛ばした。

当然、魔物だってやられっぱなしではない。

牙や爪、あるいは魔法で反撃してきた。

しかし聖女は魔物たちの猛攻を受けても全くの無傷だった。

彼がぽかんと口を開けている間に、聖女はその辺り一帯の魔物を駆逐してしまった。

身に纏う白衣に、土汚れすら付けることなく。

「間違いないです！　シルバークロイツのグレゴリオ御大《おんたい》……いや、それ以上の戦闘力を持った聖女ですぜ！」

「それは言いすぎだろう」

シルバークロイツ領を治めるグレゴリオ卿とは一度会ったことがある。

彼と聖女クリスタ。

比べてどちらの戦闘力が上かは、火を見るより明らかだ。

身体能力を強化する魔法を使えば、細腕の女性がその辺の男よりも力を出すことはできる。しかしそれはあくまで補助魔法専門の使い手がいてこそできる芸当だ。

「いやいやいや！　旦那も一度見てきてください！　絶対にそう思いますって！」

「……」

信じてくれと縋る護衛係の男に、マーカスは腕を組んだ。彼はよく冗談を言う性格ではあるが、こんな場で無意味な嘘を言わない性格ということを知っている。

(……本当、なのか？)

「明日は俺らで現場を回すんで、聖女に同行してください！　俺が嘘を言ってないって分かりますんで！」

「そこまで言うなら」

彼の強い後押しも手伝い、マーカスは明日一日だけクリスタに同行することを決意した。

(もし本当なら、手合わせ願いたいところだ)

ルトンジェラのギルド長という役を拝命しているが、やはり彼の根元の部分は武人のままだった。

▼ ▼ ▼

翌日。

聖女クリスタに同行の旨を伝えると、彼女はあっさり了解した。

「ギルド長が出てこられるなんて珍しいですね。ここではよくあるんですか？」

「ええ。部屋の中に籠もってばかりでは身体が鈍《なま》る一方ですからね」

「確かにそうですね。身体を動かした方が頭もよく働きます」

本日向かう場所も昨日と同じく北東方面。

てっきりもっと中央寄りに行きたいと言うかと思ったが、昨日のうちに何かを仕込んでいるらしい。

開けた平原を歩きながら、マーカスは山に視線を向ける。

「今日の山は機嫌が悪くないようですね」

「山の……機嫌？」

「ええ」

首を傾げるクリスタに、マーカスはギルグリンガ山脈の中でも一際高い山を指さした。

「あの辺りの天気が悪いと強い魔物との遭遇率が高くなるんです」

「へぇ。それは興味深いですね」

どういう因果関係が、とか、魔力の噴出で天気に変化が、とか、ぶつぶつと独り言を言いながらノートに何かを書き記す。

何を書いているんだろうと覗き見たが、よく分からない線の集合体をぐしゃぐしゃに書き殴っているだけだった。

今の聖女たちはみなかなりの高齢だ。遠からぬうちに聖女グレイスの後を追うだろう。

数十年ぶりの聖女交代。その一人目がとんでもない変人とは。

（オルグルント王国、大丈夫だよな……？）

そう心配せずにはいられなかった。

「そういえば聖女クリスタ様、どうして白衣を着ていらっしゃるのでしょうか」

「ああ、これですか？　魔法研究所の制服なんです」

「魔法研究所？」

「ええ。私、聖女の前は魔法研究者をやってまして。そっちも辞めたくなかったので聖女と並行しているんです」

マーカスの知る教会の教義では、聖女は滅私奉公。その身の全てを神の――教会の信徒として捧げなければならない、とされていた。

日々の食事にすら厳しい制限が設けられているはずなのに、兼業が認められるはずがない。

（俺の知らない間に、教会はずいぶん丸くなったんだな）

実際、この当時は揉めていたのだが、それをマーカスが知るはずもなく素直に納得した。

「よく聖女と兼任できていますね」

魔法研究所がどれほど忙しいかは知らないが、聖女はかなりの激務のはずだ。

「最初は嫌でしたけどね。けれど思い直したんです。聖女は国の安寧の要。ひいてはあの子を守ることに繋がる、と」

「……あの子？」

「おっと。おしゃべりはここまでですね」

クリスタが、一方を指さす。

そこには、一か所にかたまった魔物の群れがいた。

普段はばらばらに点在しているはずの異なる種の魔物が、一か所に集まっている。

まるでエサに群がるかのようだ。これがクリスタの施した仕掛けなのだろうか。

「何をしたんです？」

「昨日ぶっ飛ばした魔物の死骸をあそこに固めておいたんです。これで移動の手間が省けます」

（聖女なのにえげつないことするな）

頬をひくつかせるマーカスを余所《よそ》に、クリスタは眼鏡を外した。

その瞬間、彼は息を呑んだ。

メガネの下から出てきた素顔は、意外なほど美人だった。適当にまとめた髪や奇抜な服装を正せば、誰もが振り返るほどの令嬢になることは間違いない、と思えるほどの。

「これ、預かっておいてもらえますか」

クリスタは持ってきていたノートと、眼鏡をマーカスに預けた。

「え？　ああ――はい」

「実験を挟むので小一時間ほどかかります。それまで待っていてください」

「……小一時間？」

あれだけの数の魔物を前にして、小一時間？

マーカスがそれを聞き返す暇もなく、クリスタは魔物の群れに突っ込んだ。

反射的にそれを止めようとするが――昨日の護衛係の言葉を思い出し、思い留まった。


――魔物たち全部、あの聖女がぶっ飛ばしたんですよ！


（見せてもらおうか。聖女の力ってやつを）

クリスタの接近に気付いた猿型の魔物が、彼女に掴みかかろうとする。

それを避けることなく、彼女は拳を握りしめた。

「聖女パンチ」

瞬間。

猿型の魔物の身体が、まるで軽い薪のように吹き飛んでいった。

「……え？」

その出鱈目《でたらめ》な威力に、マーカスはぽかんと口を開けた。

聖女が。

魔物を。

素手で。

ぶっ飛ばした。

護衛係が言っていた通りの光景だったが、想像していたよりも威力が段違いだ。

「――さて。昨日で防御能力の実験はあらかた終えたから、今日は威力と……あとは稼働時間を中心にやりますか」

奇抜ではあるが、この場に似つかわしくない白を基調とした服。

それを翻しながら次々と襲い掛かる魔物を屠る姿は、戦場を駆ける戦乙女《いくさおとめ》のように、どこか神々しくもあった。

思わず見惚れていたのも束の間。

「あっ」

熊型の魔物に拳を叩き込んだクリスタが、声を上げた。

これまでほぼ一撃で粉砕していた必殺の拳に、熊型の魔物はよろけながらも耐えた。

数歩たたらを踏みつつも、クリスタをその大木のような腕で抱え上げる。

「クリスタ様！」

さすがに助けに入ろうとするマーカスだったが、

「大丈夫です」

クリスタは普段となんら変わりない様子で答えた。

熊型の魔物がほんの少し力を込めただけで折れてしまいそうになるはずの身体は、いつまで経っても無傷のまま。

魔物が力を入れていない訳ではない。むしろ牙の隙間から唸り声が漏れるほどに力を込めている。

どうしてこいつは死なないのかと、戸惑いの表情が浮かんでいる。

そんな熊型の魔物を、クリスタは至近距離で見返す。

彼女の目は――なんというか……とても、きらきらしていた。

「私の一撃に耐えてくれるなんて、いいサンプルになりそうね――もう少しだけ、出力を上げるわ」

出力を上げる？

（あれだけ一方的に魔物を蹂躙《じゅうりん》しておいて、本気じゃないのか⁉）

胸中で驚愕するマーカスを尻目に、聖女クリスタは「ほい」と気の抜けた声を上げて右手を上げた。

彼女の動きを封じていたはずの魔物の腕が、まるでぬいぐるみのように千切れ飛ぶ。

「聖女エルボー」

天高く上げた肘をそのまま魔物の顔面に叩きつけると、身体が真っ二つに裂けた。

その破壊力は先程までのパンチとは比較にならない。

言葉通り、本気ではなかったのだ。

「うーん、これは耐えられないのね」

拘束から抜け出したクリスタは、ふむぅ、と悩ましげな声を上げる。

異様な光景に、魔物たちがたじろいでいる。

「もう少し硬い魔物はいないかしら？」

――そして宣言通り、小一時間ですべての魔物の討伐は完了した。

▼　▼　▼

「出力四十パーセントまでが限界ね。【聖鎧】【身体強化】この組み合わせはとても有効だけれど、こうも実験相手がいないと限界を知るのも一苦労だわ」

「……」

帰り道すがら、ぶつぶつと呟きを零しながらノートに線を走らせるクリスタ。

クリスタの力は単純にして明快。

【聖鎧】を身に纏い、身体能力を高めて殴る。

あらゆる攻撃を弾く最強の盾は、同時に絶対の武器でもあった。

理屈としては簡単だが、それを実現できるにはどれほどの魔力量が必要なのか。想像しただけで目眩がした。

しかも聖女は『極大結界』に魔力の何割かを常に割いている。

魔力枯渇を通り越して、一瞬で干からびたミイラになっていてもおかしくない。

なのにクリスタはピンピンしていて疲れた様子もない。

（とんでもない聖女が現れたものだな）

マーカスはノートに落書き（後で知ったが、文字を書いていたらしい）をするクリスタの背を眺めながら、ふ、と頬を緩めた。

▼▼▼

「——とまあ、そんなことがあってな」

回想を終えたマーカスは、副隊長の表情を窺った。

予想通りというか、彼は苦笑いしていた。どう反応していいのか、困っている様子だ。

「マーカス隊長。それはさすがに話を盛りすぎでは……？」

しばらく口をもごもごした後、出てきたのはそんな言葉だった。

どうやら場の空気を弛緩させるためにわざと話を大きくしたと思われたようだ。

「そんな聖女がいるはずないでしょう。グレゴリオ卿でもあるまいし」

（そんな聖女がいるんだよなぁ、これが）

クリスタを知らない者に彼女の武勇伝を語れば、十人中十人が彼のような反応をする。

（まあ、無理もねえか）

マーカスも実際に見るまで信じなかったのだから。

話の真偽に関してはいずれ実際に確認してもらうとして。

「ともあれ、今の状況は少し妙だ」

「そうですね。十分に警戒しておきましょう」

「ああ。しばらく無理をしてもらうことになるが、頼んだぞ」

「無理はお互い様でしょう。少しは寝てください」

軽口を交わし、報告会を終えた。

▼　▼　▼

小休止を兼ねて外に出ると、わずかに熱を帯びた夜風が頰を撫でてきた。じき、夏の季節がやってくるだろう。

煙草に火をつけて夜空を見上げると、星々がマーカスを見下ろしていた。

「そういや、星は冬の方が見えやすい——とか言っていたな」

クリスタと交わした雑談を思い出す。

理由は忘れてしまったが、星は冬の方が輪郭がはっきりと見えるらしい。

万物の事象には理由があり、法則がある——とは、クリスタの弁だ。

炎も、風も、水も、何らかの理由を持ってそこに存在しており、それぞれが独自の法則の中にある。しかし魔法だけがその理由や法則を捻じ曲げることができる。

『魔力変換法』——略して、魔法。

——いつか、魔法を含めたこの世のすべてを解き明かしたいですね。

笑いながらそう言うクリスタの笑顔を思い出す。

聖女というのは、彼女にとってはそのついでにしか過ぎないのだろう。

「万物の事象には理由……か。だったらこの平穏にも、何か理由があるのか？　例えば、クリスタがお忍びで来て陰ながら魔物を屠っている、とか。まさかな」

浮かんできた仮説をすぐに振り払う。

危険な結界の穴に来ることのできる聖女は一人だけ。

エキドナがいるいま、クリスタが来られるはずがない。

頭のネジは確かに何本か外れていたが、理由もなく掟を破るような聖女ではないはずだ。

「それとも、余程の理由がある……のか？」

例えば、神話で語り継がれているような魔物が大陸中央で生まれた、とか。

それほどの事態ならば時期外れの活動期も、クリスタがお忍びでやって来ている理由も納得がいく。

「いや……ないな」

話の筋は通っているが、大陸中央がそのような状態になっているのなら、聖女よりも前にマーカスに連絡が入るはずだ。

他に考えられる理由は――。

「個人的な理由で掟を破って来た……？　いやいや。それはないだろ」

聖女を束ねる女傑《じょけつ》・マリアは厳格だ。同じ聖女と言えど――いや、同じだからこそ、破ればタダでは済まないことをクリスタは分かっているはずだ。

「考えすぎだな。副隊長の言う通り、少し寝た方がいいのかもしれん」

マーカスは作戦室の長椅子で仮眠を取るべく、きびすを返した。

――まさか一笑に付した仮説――個人的な理由で掟を破ってやって来た――が合っているとは知る由もなく。

九　続・予見の聖女

「八叉槍？」

聞き慣れない単語に、クリスタは首を傾げた。

「槍の先が八つになっているってこと？」

『そう』

予見の聖女・ユーフェア。

彼女はこれから先に起こる出来事を予測する能力を持っている。

しかしその力はまだ発展途上であり、未来を正確に見通すことも、それを正しく伝えることもまだ完璧ではない。

本人曰く、度の合わない眼鏡で演劇を見せられているようなもの、だそうだ。

『危ない』ということは分かっても、『何が原因で』危なくなるかまではっきりと見えない。ぼんやりとしか見えない未来を少しでも正しく伝えるため、独特の造語を使うことは珍しいことではなかった。

『まあ、何が来てもクリスタのことだから大丈夫だと思うけど』

全幅の信頼を置いた言葉に、隣で聞いていたエキドナがうんうんと頷く。

「それには同感だな」

『……今の声、エキドナ？』

「おう。久しぶりー」

『結界の穴にいるんじゃなかったっけ。なんでクリスタと一緒にいるの？』

「ちょいと訳アリでな。ルビィ絡みで」

『…………………ふぅん。妹ね』

ユーフェアの声音が一オクターブ下がった──ような気がした。

大陸中央から出る強い魔力の影響があり、念話紙の音質があまり良くないせいかもしれない。

『そういえばクリスタ、最後に私と会ったのっていつだっけ』

「半年前の式典以来かしら」

『その前は？』

「一年前にシルバークロイツのおみやげを持って行った時ね。あの時はごめんなさい」

涙を流して取り乱すユーフェアの姿は今でもはっきりと思い出すことができる。

「なんだ、何かあったのか？」

「エキドナはこの話は知らなかったわね。実はシルバークロイツの露店でユーフェアへのおみやげを──」

『そ、その話はいいからっ』

少しだけ速い口調で、ユーフェアがクリスタの言葉を止める。

『クリスタ、言わないでよ？　絶対に言わないでよ？』

「分かったわ」

そこまで話されるのが嫌なのだろうか。首を傾げつつもクリスタは頷いた。

こほん、と咳払いしてから、ユーフェアは元の口調に戻る。

『私たち、長いこと会ってないね』

「？　ええ、そうね」

人里を嫌い、普段は山の上に暮らすユーフェア。

王都とエレオノーラ領を行き来するクリスタとは生活圏が全く被らず、接触する頻度は聖女の中で一番低い。

『私、けっこう身長伸びたよ』

「そうなの」

『来月誕生日だし』

「おめでとう」

……話が別な方向に逸れていく。

（ユーフェア、何が言いたいのかしら）

『……ねぇクリスタ。暇だったらでいいんだけど』

「うん?」

『久しぶりに、あ』

ぷつ。

念話紙の効果が終わり、ユーフェアの言葉は途中でぶつ切りにされた。

(また「あ」だわ)

前回も同じような切れ方で念話紙が終わったことを思い出す。

「アップルパイの催促かしら」

「なんでアップルパイなんだよ。『会いに来て』だろ。寂しいんだと思うぞ」

「ユーフェアが? それはないわよ」

エキドナの言葉をクリスタはすぐに否定した。

ユーフェアは聖女の中では最年少だが、精神年齢はクリスタたちとそう変わらない。

そもそも人と話をするのが苦手と言って聖女の業務もほとんど参加しない彼女が、寂しいという感情を抱くはずがない。

「お前ってヤツは……本当に人の心が分かってないな」

どうしようもないものを見たときのように、エキドナが大きく、大きくため息を吐く。

「なになに、どういう意味?」

「試しに今度会いたいって言ってみろよ。すっげー喜ぶぞアイツ」

「そうかしら」

ユーフェアが感情を出した時は数えるほどしかない。

幼少期のクリスタと同じくらい、感情の変化が薄いのだ。

(私が会いに行ったくらいじゃ喜ばないと思うけれど)

訝《いぶか》しむクリスタに、エキドナは重ねる。

「いいからいいから。お前から行くなり呼ぶなりしてみろって。そしたら分かるから」

「……そこまで言うのなら、分かったわ」

(そういえば、前回のお礼もまだだったわね)

アップルパイを用意してエレオノーラ家でお茶会をするのがいいだろう。

それでエキドナが言うところの「すっげー喜ぶ」顔をするとは思えないが。

クリスタの予想では「ん」と、いつもの眠そうな無表情で淡々と食べて飲むだけのような気がしている。

(とりあえず今回の騒動が片付いたら会う段取りをしましょう)

クリスタは心のメモに書き残した。

「それじゃ、行ってきます」

「ああ」

▼
▼
▼

「聖女パンチ」

いつものように魔物を次々と屠りながら、クリスタはユーフェアからもらった予言の意味を考えていた。

(妖精、宝石、八叉槍、鷹の目……)

ユーフェアの予言は連想ゲームのようなものだ。槍に気を付けろと言われたが、そのままの意味で受け取ることはしない。

地下道を土竜に例えたり、罠を蛇に例えたり、聖女を鬼に例えたり。

与えられた予言が何を示しているのかを考えなければならない。

(八本の槍……いえ、鉤爪を持った魔物に気を付けろってことかしら？ それとも槍を八本操るような魔物がいるとか？)

魔物の知能は動物的だが賢い。人間が作った道具の使い方を理解し、利用するような個体も中には存在している。八叉槍とはそういう種が現れる、という示唆かもしれない。

(それとも槍という言葉じゃなくて八という数字に注目した方がいいのかしら。八、八……大蜘蛛の魔物？)

八本の武器を振り回す魔物より、蜘蛛の魔物の方が現実的な気がする。

虫型の魔物は大きさこそ大したことはないが、動物型よりも手ごわいとされている。

虫に対して本能的な恐怖を覚える者が一定数いるためだ。手のひらサイズでも卒倒する者もいるのだから、自分と同じ——いや、半分の大きさだったとしてもその恐怖は想像を絶する。

(他も気になるわね。妖精と宝石、鷹の目。うーん)

平原を駆け回りつつ考え込んでいると、

「おっと」

クリスタめがけて、巨大な氷が一直線に飛んできた。【聖鎧】に触れた瞬間それらは粉々になり、少しだけひんやりした空気が左右に流れていく。

「またあいつ。多いわね」

氷を放ってきた相手は――大蛇の魔物だった。

活動期は新種の魔物が多く出現するが、こうもよく似た種と遭遇することは珍しい。

「聖女パンチ」

距離を詰め、拳を叩き込む。

大蛇の魔物は、するりとそれを躱し、回り込むようにしてクリスタの間合いから素早く逃げた。

以前の大蛇の魔物は攻撃後の隙をついて絞め上げようとしてきたのに、それをしようとはしない。まるで絞め上げに効果がないと分かっているかのようだ。

（向こうから攻撃してくれた方が楽に倒せたのに）

クリスタはこっそりと嘆息し、再び距離を詰める。

大蛇の魔物は氷の魔法を吐きつつ、クリスタが近付いた分だけ距離を引き離した。つかず離れずの距離を保ち、接近してこようとはしない。

その距離、約三メートル。

（私の間合いを読まれてる？）

クリスタは眉を上げる。

相手の攻撃はこちらに通じないが、離れられるとこちらも攻撃手段が乏しくなる。

（遠距離は苦手だけど、できないって訳じゃないのよ）

クリスタは足元に落ちていた拳大の石を拾い上げた。大蛇の魔物に狙いを定め、石を持つ手に聖女の力を込める。

「聖女投擲《とうてき》」

目にも止まらない速さで飛んだそれは、蛇の身体にいとも簡単に風穴を開けた。

シューシューという悲鳴を上げながらのたうち回る大蛇の魔物の頭へと回り込み、拳を握る。

「聖女パンチ」

めこぉ！　と音を立て、大蛇の魔物は活動を停止した。

平地において魔物の大半は哺乳類型・鳥類型で占められている。爬虫類型の発生確率はそれほど高くない。

そのはずなのだが、クリスタは連日、結界の外で大蛇の魔物と遭遇していた。

使用する魔法の属性が違うので分類上は別種のはずだが、それにしては大きさや鱗の形状など一致する箇所が多すぎる。

何より、これまで遭遇した大蛇の魔物たちは、とある部分が無いという他にはない特徴を持っていた。

「……また、尻尾が千切れているわね」

今回も、尻尾がぷつりと切れていた。

▼　▼　▼

結局、ユーフェアの予言の意味は分からないままその日の討伐は終了した。

翌日になっても悩み続けるクリスタ。

「妖精、宝石、八叉槍、鷹の目、妖精、宝石、八叉槍、鷹の目。う～ん」

「予言の魔物と知らない間に遭遇して、知らない間にぶっ飛ばした……とか？」

「それはないと思うわ」

その程度のことでユーフェアから連絡してくるはずがない。

近いうちにクリスタは何か困難に遭遇する。それを示唆するヒントがあの言葉なのだ。

その困難とはおそらく。

「活動期を発生させている魔物。その手がかりになるはずよ」

「もしくは反聖女派の動きを示唆してるのかもな？」

「その線もなくはないけれど……魔物と人間、どっちが危ないかと言ったら魔物でしょ」

「確かに」

そこまでは予想できるが、そこから先が全く分からない。

こういう抽象的な謎かけはクリスタの苦手とするところだ。『このシーンの主人公の心境を答えなさい』といった問題はいつも白紙で出していた。

「この宝石が壊れるって部分。お前が過労で倒れるとか、そういう暗喩じゃないよな」

「それは大丈夫よ。毎日ルビィの顔を見て元気いっぱいだから」

「さすがシスコン」

あくびをしつつ、エキドナは身体を伸ばす。

「エキドナ。あなたこそ少し寝不足なんじゃない？」

両頬を強めに叩いて眠気を追い払うエキドナを見ながら、クリスタは首を傾げる。

エキドナは朝があまり強い方ではないことは知っているが、それを加味してもあくびの回数が多いように思える。

「いや。お前のおかげでぐっすり寝れてるよ」

「そう？　ならいいけど……」

「それより準備できたか？　そろそろ行くぞ」

「ええ。まずはルビィの様子を見に行きましょうか」

「ホントにブレないな、お前……」

ボサボサの髪を申し訳程度に抑えながら、エキドナは苦笑いしていた。

このブレない行動が、後にこのルトンジェラを救うきっかけとなる。

十　探検する妹

「ローサさん、下ごしらえは全部終わりました」

「ありがとねぇルビィ。昼まで休憩しな」

「え……でも、他の場所のお手伝いが」

「アンタはちょっと働き過ぎなんだよ。たまには休まないと他の奴らがサボっちまう」

「じゃあ、お言葉に甘えて」

ルビィは休憩時間を使い、川のほとりで素振りの練習をすることが日課になっていた。

魔物討伐を諦めていないところは気がかりではあるが、身体を動かすこと自体はいいことだ。

可愛らしい掛け声が聞けるのかと様子を見ていると。

「今日は時間もあるし、ちょっとだけ探検してみようっと」

ルビィは進路を変更し、森の奥に進んでいく。

クリスタはその後を追った。

▼　▼　▼

ルトンジェラはもともと森林地帯だった場所を切り拓いて作られた集落だ。資源的な豊かさは無いものの、周辺は深い木々に囲まれている。

歩くにも一苦労するような深い森を、木の根に足を躓《つまず》かないように進むルビィ。

「こういうところを一度通ってみたかったのよね。なんだか冒険しているみたい」

ルビィは昔から花畑や街路樹の辺りを好んで散歩していた。

天使の生まれ変わりだから植物を愛でるのが好きなのかと思っていたが、冒険気分を楽しみたかったらしい。

妹の意外な一面を垣間見つつ、適度な距離を保って森を進む。

エレオノーラ領も緑が多かったが、群生している植物の種類が全く違う。

多種多様な花や木々に目をきらきらさせるルビィ。

安全な結界の中だが、森に潜む危険は魔物だけではない。鋭く尖った枝やぬかるみ、虫。そして野生の獣など。

(本当にどうしようもなくなるまでは見守るだけにしておきましょう)

何もかも危険を取り払ってしまってはルビィの成長を妨げてしまう。

少々の痛みは成長の糧だ。

静かに見守り、本当にどうしようもなくなったときだけ助けに入る。それこそが正しい姉道だ。

「痛っ。棘が刺さっちゃった」

(⁉　ああああああああああルビィィィィイ)

……それが分かっていながらも心配になってしまうクリスタだった。

「あら？」

切った指に唾を付けるルビィ。

その可憐な視線が、何かを捉えた。

釣られて視線を追うと、男の姿が見えた。

（あれは……ナンパ男じゃない）

ベイル（クリスタは名前を忘れている）は、きょろきょろとせわしなく周辺を見渡しながら森を真っ直ぐに進んでいく。

どうにも挙動不審な様子だ。

ルビィに不埒なことをしようとした前科もある。なんとなく嫌な予感がした。

（ルビィに声をかけて、戻るよう言ったほうがいいわね）

「あの、何をしているんですか」

（ルビィ⁉）

挙動不審なベイルに、ルビィは唐突に声をかけた。

クリスタはもちろんのこと、声をかけられたベイルも驚いている。

「⁉　あ……ルビィちゃん」

「こんにちは。こんなところでどうしたんですか」

「ルビィちゃんこそ。調理場の仕事はどうしたんだい」

「私は休憩中です。ベイルさんこそ傭兵のお仕事はどうしたんです？」

「俺も……休憩中さ。散歩がしたくてね」

誰がどう見ても嘘をついていると確信できるほど、ベイルの目は泳いでいた。

「手に持っているものは何ですか？」

「⁉　な、何でもない。ただの水だよ」

「見せてください」

「だ、駄目だ！」

ルビィとベイルの手が交差し、彼が手に持っていた小瓶が宙にひっくり返る。

――ぱしゃ
小瓶の蓋は緩んでおり、中身がルビィの頭上に落ちた。

「あ」

「なんですかこれ？　変な匂い……」

小瓶の中身を浴びたルビィは、奇妙な匂いに眉をひそめる。

ベイルは顔を真っ青に染めていた。

「きゃっ」

「お……俺、知ーらね！」

ルビィを突き飛ばし、ベイルは慌ててその場を去って行く。

「あ、待ってください！」

追いかけようとするが、本職の傭兵に追いつけるはずがなく、あっという間にベイルは木々の間に消えていった。

（――処す）

クリスタはベイルを「処すリスト」の中に入れ――森の中にルビィを置いていく訳にはいかない――、視線を戻した。

「何か悪いことをしそうに見えたけれど……早とちりだったのかな。うーん、やっぱりお姉様みたいにうまくはいかないわね」

ルビィは立ち上がり、持っていたハンカチで液体を拭う。

見たところ無色透明だが、独特の匂いがあるようでルビィの形の良い眉が歪んでいる。

「うう……ヘンな匂い……香水かなぁ。川で洗い流した方が早そう」

探検を切り上げ、戻るようだ。

（おっと危ない。見つかるところだわ）

きびすを返して戻るルビィに見つからないよう身を潜める。

「ちゃんと匂い取れるかな……食べ物に移らないといいけど」

クリスタの傍を通り過ぎた際、ルビィが浴びた液体の匂いが彼女の鼻孔をくすぐった。

（――え？）

その匂いに、クリスタは固まる。

嗅いだことがある匂いだったからだ。

その液体がもたらす効果は――魔物の召集。

散らばった魔物を集め、効率的に一網打尽にするために使用されている。

便利な薬品ではあるが、効果が強いため取り扱いは細心の注意を払う必要がある。

まかり間違って人が浴びてしまうと、匂いが取れるまで魔物に狙われ続けてしまう。

(嘘。嘘でしょ……)

何も知らないルビィの足元に、影がちらついた。

それは小さな蛇だった。

森に囲まれたルトンジェラでは蛇などさして珍しくはない。

ただ、今のルビィに吸い寄せられているということは――。

「――!」

蛇が小さな鎌首を持ち上げ、口をめいっぱい広げる。鋭い牙が狙う先には、ルビィの足首があった。

クリスタはすぐさま駆け寄り、蛇の頭を踏みつけた。

「わぁ!? びっくりした」

どん、という音にルビィが肩をびくつかせるが、音を出した人物を認めると安堵した声を出す。

「クリスさんこんにちは。あなたも森の中を探検していたんですか?」

「……」

こくこく。

クリスタは頷きながら、ルビィに見えない位置で潰した蛇を確認する。

(こいつ……尻尾がないわ)

大きさこそ違うが、連日出会っている大蛇の魔物と同じだ。

小さな身体を利用して見張りの目を潜り抜け、ここまで来たのだろう。

未然に防ぐことができて良かった——と胸をなで下ろしたまさにその瞬間。

頭の中で保留にしていた疑問が、ぴんと糸を張って繋がった。

——妖精が宝石を濡らす。

妖精をベイルに、宝石をルビィに見立てると、今の場面はユーフェアの予言にぴったりと当て嵌まる。

その後の予言は。

（八叉槍と鷹の目を呼び寄せる。宝石を壊されないように気を付けて。まさか……）

クリスタが予言の意味に辿り着いたまさにその瞬間。

ルトンジェラ全域に、鐘の音が鳴り響いた。

「敵襲ー！　巨大な魔物が結界を越えてきたぞぉ！」

十一　元凶

「ててて敵襲⁉」

ルビィは唐突に鳴り響いた鐘の音にあたふたとする。

「おおお落ち着くのよルビィ！　ここで慌てふためいたらお姉様に顔向けできないわ！　避難マニュアルはちゃんと覚えてるから、慌てず騒がず、まずは深呼吸と持ち物を確かめて、頭を低くしながら避難所に……わぁ⁉」

ぶつぶつと何かを呟くルビィを抱え上げ、クリスタは駆け出した。

「クリスさん、私に構わず行って下さい」

（そういう訳にはいかなくなったわ）

この襲撃はルビィを狙ったものだ。

あれだけ高濃度の魔物寄せを浴びてしまったルビィは、魔物にとって極上のエサに映る。

侵入した魔物はユーフェアが言うところの『八叉槍と鷹の目』を持つ魔物だろう。

下手に避難所に行かせてしまえば、予言が現実のものになってしまうかもしれない。

――宝石を壊されないように気を付けて。

（させないわ）

「クリスさん、どこに行くんですか⁉　私は避難所に行かないと――」

ぱたぱたと手足を暴れさせるルビィに構わず、クリスタはある場所へと駆け出した。

幸いなことに、避難所よりも安全な場所を彼女は知っていた。

▼　▼　▼

ルビィを抱えたままやって来たのは治療区だ。

いつもの待機テントにいるエキドナの前に降り立つクリスタ。

「クリス！　……と、ルビィ？」

クリスタはルビィを一旦置き、エキドナにしか聞こえない小声で事情を話した。

（――という訳なの。ルビィを守っててくれる？）

こと守護に関して、エキドナの隣以上に安全な場所はない。

（それはいいけど、お前はどうすんだよ）

（ルビィを狙ってきたやつを潰してくるわ）

（また一人で無茶するつもりかよ）

（無茶じゃないわ。エキドナが守り、私が攻める。実に合理的な采配じゃない）

（はぁ……分かったよ）

エキドナは振り返り、ルビィを手招きした。

「ルビィ。事態が収まるまであたしの隣にいろ」

「え。でも、避難所に……」

「いいから。これは姉の知り合いとしてじゃなくて、聖女としての命令だ」

「……！　は、はい！」

聖女、という言葉に反応し、ルビィは素直に従った。

「よし。まずは一緒に作戦室に来てもらうぞ。ついてこい」

「はい！」

(頼んだわよ、エキドナ)

エキドナの後を追うルビィを見送ってから、クリスタはテントを出た。

(後は私が魔物を倒すだけね)

「聖女ジャンプ」

クリスタは跳躍し、物見櫓《ものみやぐら》の屋根の上に着地する。

兜の隙間から見える景色を俯瞰し、侵入してきた魔物の姿を視界に収めた。

「なるほど。八叉槍ってそういうことね」

見えたのは、八頭の大蛇の魔物。

それぞれが独立しているように見えるが、尻尾の根元を辿るとそれが一つに繋がっている。

クリスタはあの魔物と何度も交戦している。それぞれが別の魔物と考えていたが、そうではなく、あれらは八頭で一つの個体なのだ。

先は八つに分かれているが、元を辿れば一つになる。まさに八叉に分かれた槍だ。

八つ以上になることもあるかも、とユーフェアは言っていた。

彼女の言葉通り、あの魔物は尻尾を切り離すことで単体の魔物であるかのように振る舞うこともできる。

千切れた個所からは新しい蛇の頭が生え、再び八つ頭に戻る。

これまでのどの生物にも当て嵌まらない異形の生態を持つ魔物。

「多頭蛇《たとうじゃ》、とでも名付けましょうか」

警報が鳴り響く中、クリスタは異形の魔物をそう呼ぶことにした。

「非戦闘員は直ちに避難！　誘導係、あの魔物を広場に誘導しろ！」

ルトンジェラは最も危険な結界の穴。ゆえに魔物の侵入は珍しいことではない。そのぶん避難マニュアルの整備や練度は他の結界の穴と比べても高い。

非戦闘員の避難は速やかに行われ、戦いやすい広場に魔物を誘導できる手筈になっている。

しかし多頭蛇は誘導係には目もくれず、一目散にある場所を目指していた。

治療区——ルビィのいる場所だ。

「させないわ」

クリスタは砲弾さながらに降り立ち、多頭蛇の付け根である尻尾を掴んだ。

顎を開き何もかもを飲み込もうとしていた大蛇の頭が、八つ同時に、がくん！　と止まる。

「どうやってルビィを嗅ぎつけたのかは知らないけれど……私がいる限り、あの子には手出しさせないわよ」

敵を直接排除することで【守り】と【癒し】をもたらす。

クリスタの『拡大解釈』に従い、聖女の力が変容する。

「ふんっ」

そのまま蛇を持ち上げ、裏返すように地面に叩きつける。

多頭蛇の侵攻を食い止めようとしていた傭兵たちの動きが、唖然とした表情でクリスタに集まる。

「嘘だろ……あんなデカい魔物を腕一本で……」

「なんつー怪力だ……」

それらを無視して、クリスタは指を鳴らした。

「私の大切なルビィ《宝石》を狙うような魔物《不埒者》は、殲滅《おしおき》してやらないとね」

十二　多頭蛇

「エキドナ！」

「悪い、遅くなった」

作戦室に辿り着くと、マーカスを始めとした面々が既に揃っていた。

「すまないが、部外者は出て行ってもらえるか」

「あ、あの、私は……」

ルビィを見咎めるマーカスだったが、エキドナがそれを遮る。

「この子はあたしの連れだ。隣にいさせてくれ」

「……む。そうか」

（す、すごい！　マーカス隊長でもエキドナさんの指示には従うんだ）

ルビィは各地方の隊長と聖女の上下関係など知る由もなかったが、いつも接しているエキドナが何十倍も頼もしく見えた。

「状況は？」

「悪いな。あのデカブツに釣られて魔物がどんどん入り込んでいる」

「あたしが前線を手伝う。もう力を温存してろなんて言わないよな？」

「すまない。頼む」

前線近くまで出たエキドナは、傭兵たちの動きがよく見える位置で膝を折った。

「ルビィ。怖いか」

「い、いえ、大丈夫です！」

「そっか。嫌だったら目瞑っとけよ」

「いえ、聖女さまのお勤め、しっかり見ています！」

なんだそりゃ……と苦笑しながら、エキドナは静かに両手を重ねる。

「【英雄の頌歌《しょうか》】」

淡い光が迸り、周辺で戦う傭兵たちを包んでいく。

「な、なんだこの光は」

「力が、力が溢れてくるぞ！」

エキドナ流・身体強化。

聖女の力を流用しているという点はクリスタと同じだが、その性質は正反対だ。

クリスタは自分にしか使えない代わりに能力上昇効果が高い。

エキドナは他人にしか使えない代わりに多人数を対象にできる。

徹頭徹尾、他人の支援に特化した聖女。それがエキドナなのだ。

「すげぇ！　あれだけ強かった魔物が弱く感じるぜ！」

「聖女エキドナ様の加護万歳！」

エキドナの能力により文字通り強くなった傭兵たちは、喜々として魔物を屠っていく。

「無茶して特攻すんなよー」

「野郎ども！　勝機は我らにある！　この地を踏み荒らす愚か者がどういう末路を辿るのか、その体に刻んでやれ！」

「うおおおおおおおッ！」

マーカスの号令に、傭兵たちが豪快な声を上げる。

「マーカスのおっさんが一番はしゃいでどうすんだよ……」

マーカスは最前線で魔物を蹴散らしていた。ここ数週間、作戦室に籠もりきりだったストレスを発散するかのような暴れっぷりだ。

「人数不足とはいえ、この数ならなんとかいけるだろ」

「すごい……」

ルビィはぽかんとした表情で傭兵たちの戦いを食い入るように見ていた。

「さて、あっちは大丈夫かな……」

ちらり、とクリスタと多頭蛇が戦っている場所に目を向ける。

魔法による炎や風、そして爆発音と立ちこめる土煙だけが木々の間から見えた。

▼▼▼

多頭蛇はひっくり返った状態からゆっくりと身体を起き上がらせた。

八つある頭のうち真ん中の四つがそれぞれ鎌首をもたげ、シューシューと噴気音《ふんきおん》を立ててクリスタを威嚇する。

残り四つは大地に顔を付けたままだ。

「っ」

クリスタが一瞬、真ん中の四つに意識を集中させた瞬間を狙い、両端の二体が分離した。それぞれ左右からクリスタを避けるように迂回しようとする。

（まだルビィを狙っているのね）

「待ちなさい」

焦らずにまず左の蛇から処理する。近付いて胴体を掴み、そのまま力任せに引きちぎる。

「もう一体も逃がさないわ」

続いて二体目の処理に向かおうとすると。

首をもたげていなかった残りの二頭がクリスタの両端から迫り、両腕を拘束する。

「もう、邪魔――」

待ってましたと言わんばかりに、首を上げた四頭が同時に口を開いた。

炎、氷、風、毒。それぞれが溜め込んだ魔法を放出する。クリスタの両腕を押さえていた頭もそれに巻き込まれているが、お構いなしだ。

残った一体は一目散にルビィの居る場所に向かおうとするが。

「待ちなさいって、言ってるでしょおおお！」

クリスタはもちろん無事だった。多重に魔法を浴びせようと【聖鎧】を纏っている彼女を傷付けることは何人たりとも叶わない。

クリスタは一緒に巻き添えを食らった蛇の頭を掴んだ。繋がったままの本体が抗おうとするが、膨大な魔力を膂力《りょりょく》に変換できる彼女にそんなものは何の抵抗にもならない。

「聖女投擲ィ！」

十分に遠心力を付けた本体を、分体に投げつける。

分体を押し潰しても勢いは止まらず、本体は木々を薙ぎ倒しながら森の奥まで吹き飛んでいく。

地響きが鳴り、鳥たちが一斉に空へと羽ばたいた。

「これで簡単にはルビィに近付けないでしょ」

投げ飛ばしたことで、ルビィと多頭蛇の距離がかなり空いた。人の気配もないのでそういう意味でも戦いやすい。

多頭蛇はゆっくりと起き上がる。何も言わず、ただシューシューと呻くのみだ。

分離した両端からは既に新たな頭が生えてきていた。大きさは時間経過によって変化し、どのタイミングで分離するかである程度サイズの自由が利くらしい。

「どういう構造してるのよ」

魔物研究者がこの場にいれば涎《よだれ》を垂らすほど独特な生態をしている。クリスタは魔物の生態に関しては門外漢だが、これほど奇異な生態をしているとさすがに興味を引かれる。

(相手は大陸中央から来た新種の魔物。あまり固定観念を当て嵌めないほうがいいわね)

多頭蛇はどうにかしてクリスタの横をすり抜ける方法を模索していたようだが、諦めて彼女へと向き直った。

倒してしまった方が早い——計十六の目が、雄弁にそう語っていた。

「そうそう。ルビィのところに行きたいなら、まず姉の私を通してもらわないと」

しばらく睨み合う両者だったが、多頭蛇が動いた。

複数の頭が大きな顎《あぎと》を開き、クリスタを丸呑みにしようとする。

「聖女パンチ……あっ」

真っ直ぐに向かってくる蛇に、カウンターの要領で拳を突き出すと、タイミングをズラされた。

頭をくねらせ、器用に側面から牙を向けてくる。

「聖女裏拳」

突き出した手をそのまま横にして殴り飛ばすと、今度は当たった。安堵する間もなく、頭上から狙いを定めていた蛇に全身を呑まれ、視界が真っ暗になる。

「聖女キック」

閉じた上顎を、蓋をこじ開ける要領で蹴ると、蛇の頭が吹き飛んだ。

猛攻はまだ止まない。

鎌首をもたげた頭が、脱出したクリスタに魔法を放つ。あらゆるものを切り裂く風の刃が襲いかかる。

「効かん」

すべて【聖鎧】で弾き飛ばす。クリスタにとっては文字通りそよ風だ。

潰したはずの頭は、今の攻防の間に両方とも復活していた。

「動きが俊敏……いえ、それとはまた違うわね。まるで私の行動を読んでいるみたいな動きをしているわ」

行動を読む。自分で言った言葉に、クリスタはピンときた。

「そっか。鷹の目」

多頭蛇は分離し、独立した魔物として行動ができる。

独立した目、独立した口、そして、独立した脳。それらの感覚を、他の頭と共有しているのだ。

クリスタの聖女パンチを避けてみせたのは、それが既に見た攻撃だから。

ルビィに狙いを定めているのは、あの小さな蛇の感覚を共有して魔物寄せの香の効果に魅入られているから。

(ということは……。これまで大蛇の魔物にしていた攻撃方法を、この蛇たちはもう知っている、ということ)

特に聖女パンチはかなり多用しており、動きの癖を読まれていてもおかしくはない。

「ユーフェアの予言はそういうことだったのね」

クリスタの戦闘パターンをつぶさに観察し粗を探すその目は、まさに鷹の目と言うに相応《ふさわ》しい。

「こいつ、思っていたよりも厄介ね」

十三　情報戦

「戦闘で最も重要なもの、なーんだ。すべてをねじ伏せる腕力？　武器を使いこなす器用さ？　魔力の多さ？」

それは、クリスタに武術の基礎を叩き込んだ師の言葉だ。

魔法に傾倒し始めた直後の彼女は色々なものを経験しようと、様々な学問を齧《かじ》っていた。

武術はそのうちの一つだ。とはいえ熱心にやるつもりは毛頭なく、クリスタは飽きればすぐに止めるつもりでいた。

「不正解だったら庭を三周してもらう。さあ、どれだ」

「魔力の多寡《たか》です」

当時七歳のクリスタは年齢に似合わない平坦な口調で即答した。

「魔法の応用力の高さや最大効果範囲は武器や腕力を上回ります。ゆえに魔法を多く使える魔力があればあらゆる事象に対応可能――」

「残念、不正解だ」

「……武器や腕力が魔法に勝るとでも？」

確かに、魔法には発動が遅いという欠点がある。しかしそれは補助具――杖などを使い、立ち回りに気を付ければいいだけ。魔法の万能さが他に劣ることはない。

あの中では魔法が最も優れた回答のはずなのだ。

「お前は魔法に盲目過ぎるんだよ。もっと広い見地を持て」

「それで、答えは何なんでしょうか」

「正解は――情報だ」

「は？」

選択肢にない答えに、クリスタは眉をひそめた。

師はそんなクリスタの表情に満足そうな顔を浮かべながら、得意げに指を立てた。

「敵を知り、己を知る。持っている情報が多ければ多いほど戦いは有利に進められる。例えばそうだな……身体が硬くて剣では倒せない魔物がいたとしよう。そいつのことを何も知らなければ逃げることしかできない。だが音に弱いと知っているとしたらどうだ？」

音に弱いなら、聴覚器官の傍で叫ぶだけでも立派な攻撃になる。

倒すにしても逃げるにしても、それを知っているか知らないかで立ち回りは大幅に変化する。

言っていることは理解できた。

できた、が……。

「先生、選択肢の中にない答えは卑怯です」

「はっはっは。すまんすまん」

悪びれる様子もなく、師は悪戯が成功した子供のように笑う。

「ただ覚えておいてくれ。魔法に夢中になるのはいいが、過信は禁物だ」

「……」

「ま、大抵のことは筋肉さえあれば何とかなる。身体を鍛えとけ」

「結局それですか」

師は大抵、結論を筋肉に落ち着ける。実に非合理的な話だ。

非合理だが……クリスタはもう少しだけ、この人物に師事しようと思った。

▼▼▼

クリスタが倒してきた多頭蛇の分体は五頭以上。倒すためにしてきた行動はすべて筒抜けになっている。

敵を知り、己を知る。情報戦という見地において、クリスタは大幅に遅れを取っていた。

「聖女パンチ——は、やっぱり当たらないわね」

使用頻度の高い聖女パンチについては完璧に見切られている。繰り出した拳が空を切り、その隙に反撃を喰らう。

蛇の身体にぐるりと巻き付かれ、動けなくなったところを他の頭が一斉に紫がかった体液を吐く。

液体が触れたものから、しゅうしゅうと音が鳴った。あらゆるものを溶かす毒だ。

クリスタを拘束している蛇も巻き添えを食らっているが、お構いなしに浴びせ続けている。

「毒の種類を変えられるのね。けど効かないわ」

鎖を引きちぎる要領で蛇の拘束から逃れ、その場に落ちていた石を投げつける。

「聖女投擲」

正確に狙いを定めた石を、ひょい、と軽やかに躱される。

この攻撃も一度しているせいか、慣れたような避け方だった。

(不意打ちでないと当たらないわね)

一頭ならともかく、八頭同時というのが厄介だった。

死角をついたつもりの攻撃でも、他の蛇の視界に入っていれば避けられてしまう。

しかも――。

「もう再生が始まってる」

犠牲になった蛇が尻尾でぷつんと分断され、そこから新しい蛇の頭が生えてきている。

シューシューと噴気音を何重にも奏でながら、蛇たちが二股に分かれた舌を出してクリスタを睥《へい》睨《げい》している。

『観察』されているのだろう。

この攻撃は効かない。

なら、これならどうだ――と、次々に試しているのだ。

「どれだけやっても【聖鎧】は壊せないわよ」

破る方法はたった一つ。クリスタの魔力切れを狙うしかない。

歴代最高の魔力量を誇るクリスタは、魔力の回復速度も尋常ではなく速い。

そのため普段は制限がないかのように能力を使うことができる。

ただ、ここまで未知の能力を持つ魔物相手だと話は別だ。

魔物の中には人間が測れる桁を遥かに超えた魔力量を持つ種もいる。多頭蛇がそれに該当する場合、クリスタの方が先に力尽きる。

「今のところ手応えなしね」

頭の再生に多量の魔力を消費しているはずだが、枯渇する様子は見受けられない。

派手に殴り合いの応酬をしているが、実際はジリ貧だ。

『極大結界』に割いている分の魔力を戻せば【身体強化】の威力をさらに上昇させられる。

しかし何も言わずに『極大結界』の維持を放棄する行為は数十キロの重りをいきなり他の聖女に投げつける行為に等しい。逼迫《ひっぱく》した事態とはいえ、仲間にそんなことはできなかった。

助力を求めようにも、エキドナは傭兵たちの補助とルビィの守護で手一杯。

ソルベティストは行方不明。

ユーフェアは魔力量が少ないので候補に入らない。

マリアは既にエキドナの魔力を肩代わりしているし、内緒にしているのでそもそも相談できない。

一人でどうにかするしかない。

(――少し落ち着きなさい、私)

一度呼吸を整え、クリスタは目を閉じた。

不利な状態に陥っている。これを打破するための最善の方法は？

「私も、相手を知る必要がある」

自問自答すると、すぐに答えが返ってきた。

では、それをするために自分がしなければならないことは？

「観察」

多頭蛇の猛攻を受けながら、クリスタは少しずつ場所を移動させた。

（特徴・感覚の共有と分離、再生。攻撃方法・巨体を使った巻きつきや体当たり。使用魔法・炎、氷、風、雷。毒の種類は筋肉毒と出血毒、あとは溶解液）

これまで得た情報を頭の中で整理する。

（蛇の頭に司令塔はなく均一。どれを潰しても動きが止まることもなく、再生速度も変わらない）

並べ立てた情報に、クリスタは自分で違和感を覚える。

（本当に？　本当に司令塔はいない？　再生速度は変わらなかった？）

戦いの記録を思い返す。

頭を一頭潰した時と、最初に四頭潰した時。再生速度は本当に同じだっただろうか。

（あまり気にしてなかったけれど……多く潰した時の方が再生速度が遅い）

そして司令塔の存在。

多頭蛇は平気で蛇の頭を巻き込んだ攻撃をしてくる。派手な動きで分かりにくいが、身体のある部分から意識を遠ざけさせ、傷付かないようにしている――とも取れる。

（試す価値は十分にあるわね）

自然とクリスタが狙うべき場所は、まだ攻撃をしていない箇所に絞られる。

仮説が合っていなければ別の方法を考えればいいだけだ。

クリスタは司令塔があると仮定した場所に狙いを定めることにした。

「こっちよ」

クリスタは移動方向を変え、とある場所まで多頭蛇を誘導した。

向かった先は訓練区の修練場だ。

既に避難は済んでおり、人は誰もいない。

「ふんっ」

クリスタは傭兵たちが訓練に使用している大岩を掴み、持ち上げた。

攻撃のためではなく。

仮説を検証するために。

「さて。これをどう対処するかしら？」

クリスタはその場から大きく跳躍し、追ってきた多頭蛇に狙いを定める。

「聖女――投擲」

斜め上から叩きつけるように大岩を投げる。

多頭蛇は複数の身体を交差させ、それを受け止めた。

大岩の質量にクリスタの膂力が加わり、巨体を誇る多頭蛇が地面を削りながら後ろに下がった。

衝撃で複数の蛇が身体をひしゃげさせ、口から体液を吐いてその場にくずおれる。

死んだ蛇から順番に尻尾がぶつんと切れていき、次々に再生が始まる。

「やっぱり。今の攻撃は避けずに受け止めるのね」

不意を突いたとはいえ、避けようと思えば避けられたはずだ。なのに多頭蛇は複数の頭を犠牲にしてまであえて受け止めた。

それは万が一にも傷付いてはならない部分があったからではないだろうか。

確信を得るには至らなかったが、クリスタの仮説を補強する動きだ。

クリスタは改めて、多頭蛇という魔物の生態について思考を巡らせた。

八つの蛇の頭。尻尾部分で分離が可能で、ひとつひとつ独立した行動ができる。その上で、それぞれの蛇たちと視覚などの感覚を共有できる。

多頭蛇は名の通り、一体であると同時に八体の生物でもあるのだ。

ここでユーフェアの予言を思い出す。彼女はこう言っていた。

『八つ以上になることもあるかも』と。

クリスタはこれを、尻尾から切り離せば何体にでも分離できると解釈していた。

しかしこの推測はおそらく間違っている。

もしそれが可能なら、何十頭にも分離し、クリスタを攪乱《かくらん》しながらルビィを狙うこともできたはずだ。

多頭蛇はそれをせず、あれほど執着していたルビィを一旦諦め、クリスタを先に倒すことを選んだ。これらの行動から、無制限に分離はできないと考えられる。

分離できる上限は、おそらく八つが限界なのだろう。

「いえ、私の仮説が正しいなら九つね」

多頭蛇には八つの蛇とは別にもうひとつ頭がある。

九つ目の頭。それこそが再生と分離、そして感覚の共有を司っている。それを潰されると再生も分離もできなくなるからこそ、多頭蛇は大岩をあえて受け止めた。

その位置は――八つの頭がひとつに交わる場所。

「尻尾の付け根。そこがあんたの本体であり、弱点」

クリスタはそう睨んでいる。

潰れた蛇の死骸を踏み台に、クリスタは跳躍した。

一気に多頭蛇の本体へと距離を詰める！

多頭蛇は残った頭を大地に叩きつけ、その衝撃で後ろに逃げた。

空振りした聖女キックが、均《なら》された地面を大きく陥没させる。

「器用な逃げ方をするわね」

蛇は身体の構造上、後退が苦手とされているが、多頭蛇は今のような方法で後ろにも逃げられるようだ。

「待ちなさい」

旋回しつつ距離を取ろうとする多頭蛇を追いかけ、頭のひとつを掴む。

最初に振り回した時のように、引っ張って尻尾をたぐり寄せようとするが――。

「うわっ」

釣り餌を魚に持って行かれた時のように、張力が一気になくなりクリスタは思わずよろけた。

クリスタの意図を読んだ多頭蛇が、先に頭を切り離したのだ。

勢い余った蛇の身体が真後ろに吹き飛び、盛大に音を立てて地面に突き刺さる。

「トカゲの尻尾切りならぬ、蛇の頭切りね」

多頭蛇の動きから、クリスタは確信を深めていく。

さんざん頭が潰されてもお構いなしの攻撃をしてきたというのに、クリスタが尻尾を狙っていると分かると明らかに距離を取ろうとしている。

最初に背後から尻尾を掴んだとき、既に本体の位置が分かっていればあの時点でもう勝負はついていた。

かつての師が言っていた情報の大切さを痛感する。

クリスタは深呼吸をひとつしてから、状況を再度確認する。

大岩を受け止めた頭四つは再生中。ひとつは今、本体が切り捨てた。

頭の再生はひとつだけなら数十秒だが、複数あるとそのぶん力が分散して再生が遅れていく。

五つ欠けた状態なら、ひとつにつき数分はかかる。本体に迫るための、またとないチャンスだ。

だが、懸念点もある。

こちらの攻撃パターンはほとんど見切られている。頭が残っている状態で再び背後を取るのは難しいだろう。

「だったら、これまで見せたことのない攻撃――『奥の手』で頭を全部潰せばいいのよ」

飽きるほど見られている攻撃は避けられる。なら、見せたことのない攻撃をすればいい。

クリスタは修練場に落ちていた剣を拾い上げた。練習用のため刃に布がきつく巻き付けられているが、何の問題もない。

それを何度か振って感触を確かめる。

「剣を持つなんて久しぶりだわ」

聖女は武器を持たない。国の守護者たるイメージを崩さないよう、公然と武器を持つことを禁じられている。

クリスタはそれに粛々と従っている――訳ではない。

世界中のどんな武器よりも信頼の置ける最強の武器が、既に両手に備わっているのだから。

そういう理由から、クリスタは武器所有禁止というルールに従っている。

「今回はこういう事態だし、特別ってことで。【聖鎧】拡大」

身体に纏わせている【聖鎧】の範囲を、剣の先にまで広げる。こうすることでクリスタが手を離さない限り、武器が壊れることはなくなる。

刃の部分も【聖鎧】の中になるため切れ味が皆無になってしまうが、これはそもそも刃が露出していないので同じことだ。

「さあ行くわよ！」

剣を腰だめに構え、距離を取ろうとする多頭蛇――頭を再生する時間を稼ごうとしているのだろう――を追い詰める。

残る頭は三つだけ。

剣でそれらを翻弄しながら、本体を狙う！

「聖女斬り」

迫ってきた蛇を、力任せに斬る。

【聖鎧】を纏った剣は破壊不能の鈍器となり、蛇の頭を真横に吹き飛ばす。

クリスタの予想通り、見たことのない攻撃には素早く対応できないようだ。頭の巻き添えを食らい、もうひとつの頭もクリスタから遠い場所に絡まって吹き飛ぶ。

残る頭はひとつだけ。

クリスタは真上に跳躍し、剣で最後の蛇の脳天を力任せに貫く。

「これで頭はすべて潰したわ」

元の形に戻るまでの時間を待つつもりはない。

生えかけの頭が噛みつこうとするが、クリスタはそれを正面から払い除け、尻尾の付け根を押さえた。

いくら行動を読まれていようと、この距離でパンチを外す道理はない。

「ルビィを狙ったのが運の尽きだったわね」

本体に聖女パンチをお見舞いすると、確かな手応えを感じた。

蛇の尻尾がびくびくと痙攣《けいれん》し……そして、動かなくなった。

十四　解任

「……ふぅ。討伐完了ね」

頭の再生が始まらないことを確認してから、クリスタは警戒を解いた。

「あっちも終わったみたいね」

多頭蛇以外に侵入してきた魔物の討伐も完了したようで、あちこちから傭兵たちの歓声が聞こえていた。

「聖女の加護がある限り、我らオルグルントの民は不滅だ！」

「うおおお！　エキドナ様万歳！　聖女万歳！」

大規模な戦いが終わると、傭兵たちは決まって声を上げる。

魔物の脅威を退けた自分を鼓舞し、生を叫ぶのだ。

「戻りましょう。ルビィが待っているわ」

歓声が響く中、ルビィがいるであろう方向に振り向く。

――その隣を、ぬるりと巨大な影が滑った。

（あいつ……死んでない⁉）

多頭蛇の本体を引き寄せようと引っ張った頭が、まだ生きていた。

動かなくなっていたので吹き飛んだ衝撃で死んだものだとばかり思っていたが、どうやら死んだフリをして様子を窺っていたらしい。

蛇の頭はそれぞれ独立している。尻尾の付け根が司るのはあくまで再生と感覚の共有。

今のあの蛇は多頭蛇の分体ではなく、尻尾のないただの一頭の魔物だ。

本体を囮《おとり》に使い、自分だけ生き延びたのだ。

クリスタには目もくれず高速で移動する大蛇の魔物。

その先にいるものは――。

「――ッ！」

クリスタは全速力で大蛇の魔物の後を追った。

▼ ▼ ▼

「待ちなさい！」

クリスタの呼びかけに魔物が従ってくれるはずもない。

（私のせいだ。トドメを刺したと思い込んだせいで……！）

本体を潰したことで戦闘が終わったと油断した。その気の緩みが、多頭蛇をルビィに至らせる隙を作ってしまった。

大蛇の魔物が地を這う速度はクリスタよりもほんの少し遅い。

しかし走り出すまでのわずかな間が、どうしても追いつけない距離となって横たわっていた。

「っ！」

ルビィの姿が見えた。

もう声を出せない——などと言っている場合ではない。

「ル——！」

クリスタが叫ぼうとしたその時だ。

ルビィと大蛇の魔物の前に、小さな影が出てきた。

老女だった。杖をついているが、足取りは随分としっかりしている。その身を包んでいるものはクリスタと同じ法衣だ。

「……っ！」

足を踏ん張り、急いで静止をかける。速度を出しすぎていたせいか、止まるまでに少し地面を削ってしまう。

「騒がしいねぇ。そいつならもう片付けたよ」

（マリア？　どうしてここに）

あれだけ勢いよく地を這っていた大蛇の魔物は、ルビィに至る前に事切れていた。

「あ、あの……助けていただいてありがとうございます」

「あたしゃ後始末に来ただけだ。礼ならそいつに言いな」

マリアはルビィの肩をぽんと叩き、ぶっきらぼうにそう告げてその場を離れる。

その際、クリスタをじろりと一瞥する。

(やばっ)

本能的に身体が防御行動を取ろうとするが、マリアは何もせずにクリスタの隣を通り抜けた。

(気付いて……ない？　よかった、顔を隠しておいて正解だったわね)

「クリスさん！」

大蛇の魔物を避けてルビィが駆け寄ってくる。

魔物寄せの香によるあの独特の匂いはもうなくなっていた。

「お怪我はありませんか？」

大丈夫、という意味で親指を立てると、ルビィは安心したように微笑んだ。

「聞いて下さいクリスさん。エキドナさんがすごかったんです！」

「大袈裟だっつーの」

エキドナは恥ずかしそうに頬を掻いている。

「大袈裟なんかじゃないですよ！　やっぱりエキドナさんもすごい聖女さまなんです！」

ルビィはエキドナの手を握り、きらきらした目を向けた。

「みんなを守って、傷を癒して、サポートもして……本当の本当に、すっっっっごくカッコ良かったです！」

「そんなことねーって。あたしはただの村人で……」

「いや、彼女の言う通りだ」

傭兵達の中からマーカスが歩み出て、エキドナに深く頭を下げた。

「大規模な攻勢だったがおかげで死者はいない。他の誰でもない、エキドナがいてくれたからこそだ」

国を守護する聖女は五人いるが、エキドナの能力はエキドナだけのものだ。

他の誰が来たところで、彼女の代わりはできなかった。

傭兵たちから感謝の言葉を受け、エキドナはやはり照れ臭そうに頬を掻いた。

「そしてクリス。あんたにも礼を言わせてくれ。あんたが大物を抑えていなければ、俺たちもヤバかっただろう。本当に感謝する」

「……」

クリスタは何も言わず、ただ静かに親指を立てた。

「マーカス。ちょっといいかい」

「はっ、ただいま参ります」

マリアの呼びかけに、マーカスは立ち上がった。

「後の処理は我々でやる。二人とも今日はゆっくり休んでくれ」

「怪我人はもういねーのか？」

「軽傷者はいるが、こちらで十分に対応できる」

「そっか。ならお言葉に甘えさせてもらおうかな」

うーん、と両腕を伸ばすエキドナ。

「行くか、クリス。ルビィ」

「……」

「はいっ」

▼
▼
▼

翌日。

一晩ぐっすりと眠ったクリスタとエキドナは、早朝に作戦室へと呼ばれた。

そこには見慣れない姿がいくつかあった。

一人はマリア。

もう一人は厳めしい顔をした見慣れない男。

それから、その足元に転がっている顔を腫らした男たち。

(憲兵?)

彼らが装備している白い鎧。それは憲兵に所属する者の証だった。

(どういう状況なのかしら)

(分かんねえ)

クリスタとエキドナは首を傾げ合った。

「よく来てくれた二人とも。今後についての話がしたい」

憲兵がいる疑問を差し置いて、マーカスが説明を始める。

「まず、ルトンジェラの指揮権を一旦聖女マリア殿に預けることとする」

緊急事態ということで、マリアは臨時でルトンジェラの長となった。

マーカスはそれで話は終わりだとばかりに一歩下がり、後をマリアが引き継いだ。

「さて。少し遅くなったが憲兵が救援に来てくれた。腕っぷしの強い奴だけじゃない。治癒師から調理係といった雑用まで幅広くね」

マリアは地図上に示された人間を表す緑の駒を大量に追加する。

「人手は充足した。事後処理のこともある。派遣労働者には早めに帰ってもらうとしよう」

「了解しました。現時刻を以て任を解き、それぞれの居住地に帰す手配を致します」

「うむ」

派遣労働者。その中にはもちろんルビィも含まれていた。

「続いて聖女エキドナ。知っての通りこの地に聖女は二人いられない」

マリアは指揮権を持っている。よって離れることはできない。

「聖女派遣期間の残りはアタシが引き継ぐ」

「了解、しました」

いつもの口調になりそうなところを、慌てて矯正するエキドナ。

外部の人間がいるときに言葉遣いを間違えると、後で手痛い説教が待っているのだ。

ルビィに続き、エキドナもこの場を離れてしまう。

クリスタがここに居る意味を、マリアは指揮権を手にしてわずか五分ですべて無くしてしまった。

「それから」

マリアは手で厳めしい憲兵を指し示した。

「聖女エキドナ殿。私は第四大憲兵団隊長、バリトル・グルーモアと申します」

厳めしい憲兵ことバリトルは、ずい、と一歩エキドナへと近付いた。

マーカスよりも迫力のあるその巨体に、エキドナは気圧される。

「あなたに言いたいことがあります」

「な……なんで、しょうか」

バリトルは地面に膝を付け、ばき、と痛そうな音を立てて自分の額を床に叩きつけた。

「このたびは私の監督不行き届きによる部下の失言、大変にご不快な思いとご迷惑をおかけいたしました ッ！」

「……へ」

憲兵は反聖女派が多い。しかし全員がそうではない。

シルバークロイツに行くときに出会ったリンドなどのような親聖女派も中にはいる。

バリトルの土下座に、床を転がっている顔を腫らした憲兵たちが叫ぶ。

「バリトル大隊長！　こんな奴に頭を下げるなんて」

「そうです！　聖女なんて単なる詐欺師の集団です！」

「教会の洗脳からいい加減目を覚ましてください！」

「まだ言うかこの馬鹿者どもがぁ！」

「ぽげぁ!?」

クリスタはそこで顔を腫らした彼らが何者なのかを思い出した。

マーカスに無礼な口を利いていたレイモンドとその部下だ。

「聖女は新たな時代に必要ありません！　どうかご再考を！」

レイモンドたちは全く懲りていないようで、この場にいるエキドナやマリアを面と向かって侮辱する。その胆力にだけは敬意を表したいが、どうやら何も見えていないらしい。

レイモンドたちは血相を変えたバリトルに頭を掴まれ、ゴスゴスと地面に顔をぶつけられる。強制土下座だ。

「聖女マリア殿、数々のご無礼申し開きのしようもございません！　如何様《いかよう》な処分でも甘んじて受ける所存でございます！」

「顔を上げな。迷惑をかけられたのはルトンジェラの住人だ」

今回、憲兵の派兵が遅れた原因はレイモンドたちにあった。

すべては聖女の名を地に落とすために。

「侮辱の件はいい。その代わり、これまで踏ん張ってくれたここの人々のために頑張りな。仕事の邪魔をした件に関しての罰は活動期が終わってから、そっちに任せるよ」

「寛大なご対応感謝いたしますッ！　粉骨砕身で魔物の対応にあたらせていただきます！」

バリトルはレイモンドたちの首を掴み、そのまま戦闘区域の方向へと彼らを引きずっていく。

「来い貴様らァ！　『極大結界』がいかにオルグルント王国守護の要であるかをたっぷりと教えて

やる！」

「ひぃぃ⁉」

（これであの憲兵たちが少しでも『極大結界』の効果を体感してくれればいいのだけれど）

クリスタの経験上、反聖女派はそう簡単に考えを覆さない。

彼らにとって都合の悪い事実はすべて曲解されるのだ。

（妙な火種になりませんように）

クリスタはこっそりと両手を合わせる。

十五　分からないままの男

「さて、これで話は終わりだ」

「マリア婆――聖女マリア。ひとつよろしいでしょうか」

「なんだい」

「どうしてわざわざルトンジェラへ？」

「なんだそんなことかい。野暮用で近くを通ったとき、憲兵どもが往来で良からぬ話をしていたのを偶然聞いてね」

マーカスの勧誘に失敗したレイモンドだったが。彼はそれで諦めなかった。

ベイルを金で釣って魔物を呼び寄せさせ、ルトンジェラが危機に陥ったところで自分たちの部隊が助けに入る。

その事実を基に、聖女がいたにも拘わらず結界の穴が危機に陥ったことを吹聴して回り聖女の名を失墜させ、さらにマーカスの不手際を糾弾し長から引きずり下ろす算段も立てていた。

(──つまりルビィが浴びた魔物寄せの香は、あの金髪が用意したってこと?)

鎧の中で、クリスタは青筋を立てた。

▼　▼　▼

「ご助力、感謝いたします」

「とんでもない。迷惑をかけたね」

「迷惑とは?」

「アタシ達のことで揉めたんだろ?」

憲兵たちと仲違いした原因は、彼らが反聖女派になれと迫ったせいだ。

そうでなくとも鼻につく態度ではあったが。

マリアは、聖女が原因で揉めてしまったことを気にしているようだ。

「すまなかったね。アタシがしっかり聖女たちを管理できていないばかりに余計な揉め事を引き起こしてしまった」

普段は怒ってばかりのマリアが当たり前なので、こうして平に頭を下げる彼女を見るのはとても不思議な感覚だ。

「聖女マリア殿、頭を上げてください。あなたが謝罪する必要など全くございません」

マーカスはマリアの前に膝をついた。

「確かに、長きに渡ってオルグルント王国を支えてきた先代の聖女様がたがご健在だった頃、聖女反対派の声は今のように大きくはありませんでした」

聖女が立て続けに交代し、誰も彼もが型破りな――主にクリスタのせい――ために、反聖女派の声が大きくなったのは事実だ。

「しかし」

ぴんと背筋を伸ばし、マーカスははっきりと告げた。

「今代の聖女様がたが先代に劣っているとは思いません。皆様それぞれ国を想い、守りたいという心は先代たち以上に強いと私は感じております。それが分からぬ愚か者が増えてしまったことは誠に遺憾ではありますが……断じて、あなたのせいではございません」

「……そうかい」

マリアは僅かに頷き、席を立った。

「どちらに行かれるのですか」

「少し、話したい奴がいるんだ」

▼　▼　▼

帰り支度をしているエキドナを置き、クリスタはレイモンドの後を追った。

（ぶっ飛ばすぶっ飛ばすぶっ飛ばすぶっ飛ばすぶっ飛ばす……）

ルビィが危険に晒される元凶となった魔物寄せの香をもたらした人物。

レイモンドが明確にルビィに敵意を持ってやったことではないが、それでも姉としてはどうしても見過ごせなかった。

（あのナンパ男も一発殴っておかないと。二人まとめて大陸中央の森にぶっ飛ばしてやろうかしら）

二人を「処す」算段を立てながら、クリスタはその時を待った。

「くそ……どうして僕が……なぜ誰も分かってくれないんだ……！」

レイモンドはぶつぶつと文句を言いながら荷運びの雑用を命じられていた。

巨大な樽を調理場へと運ぶ。

「聖女など過去の遺物。もはやいなくなって当然だ」

（まだ言ってるわ）

あれだけボコボコにされてなお聖女への憎悪を燃やすレイモンド。

そんな彼の前に、一人の少女が立ち塞がった。

（ルビィ？）

「すみません。いま、聖女なんていらないって仰いました？」

「ああ言った。それが何だ！」

「――」

ルビィは手のひらを広げ、それを腫れ上がったレイモンドの頬に叩きつけた。

威力こそ大したものではなかったが、腫れた部位の上から叩かれたことでレイモンドは必要以上の痛みを受けた。

「痛ぁあああ！　何をするんだこの女ァ！」

「聖女をバカにしないでください！」

強く、ルビィは言い切った。

その迫力は以前アランに言い放ったときよりも強くなっており、レイモンドが怯むほどだ。

「聖女をバカにするということは、この国がどうやって成り立っているのか、それが誰のおかげなのかも全く理解できていない本当のおバカさんです！」

相手を非難する言葉も、前回より流暢《りゅうちょう》になっている。

(成長……していると言っていいのかしら。これは)

相手を罵倒するのが上手になった。姉として素直に喜んでいいのかかなり微妙なところだったが、聖女のことで怒ってくれているのは素直に嬉しかった。

「こ……この女ァ！」

「騒がしいね」

激昂するレイモンドとルビィの間に、マリアが割って入った。

「まだ騒ぎを起こすつもりかい？」

「う……うぐ……！　先に手を出してきたのはそっちだ！　非難される謂《いわ》れは無い！」

レイモンドはマリアにひと睨みされると怒りを引っ込め、捨て台詞を吐いてその場を去って行った。

「あ、あの」

「アンタ……その物騒なモノはなんだい」

「いえ、なんでもないです。なんでも」

ルビィはレイモンドに掴みかかられそうになった瞬間、腰から棍棒を取り出していた。

それを慌てて元の場所にしまい込む。

「アンタがルビィかい。話はクリスタからよーーーーーーーく聞いているよ」

色々な意味に受け取れそうな含みのある言葉で、マリア。

「あまり無茶なことをするんじゃないよ」

「す、すみません」

マリアはルビィの肩を、とん、と叩き、その場を後にした。

「アンタ。そこにいるのは分かっているよ」

「⁉」

隠れていたクリスタは、いきなり話しかけられて心臓を跳ねさせた。

「エキドナの護衛とか言っていたねぇ。確か名前は……クリス」

「……」

こくり、と頭を縦に振る。

「ならアタシも護衛してもらおうかね——ついて来な」

十六　丘の上で

「……」

「……」

マリアに引き連れられ、クリスタはルトンジェラの往来を歩いていく。

（バレてないわよね？　大丈夫よね？　おしおきは回避できたのよね⁉）

外見こそ平静を保てているが、心臓の鼓動が止まらない。

そう胸中で自問するが、答えが返ってくるはずもなく。

（もしかしてバレてる？　これからお説教される？　杖でバシバシされる？）

頭の中でいつもの折檻がちらつく。

「ここで少し待ちな」

ぐるぐると不安が渦巻く中、マリアは酒場に寄った。

外に席があるタイプの店で、軒先でたむろしている傭兵の集団に近付いていく。

「――で、狙い澄ました俺の剣が魔物の心臓をズドンだ！　ヒヨッコならあそこでビビッちまうところだが、俺は違うぜ」

クリスタの偏見かもしれないが、傭兵たちはとにかく酒好きが多い。

「ちょいと。そこの」

「なんだよ人がせっかく良い気分で話――ッ、聖女マリア様っ！」

戦果を誇らしげに語っていた傭兵が、マリアの姿を見た途端に直立不動で敬礼の姿勢を取る。

これもクリスタの偏見だが、傭兵という人種は声が大きく、身振り手振りも大仰だ。

自分を強く見せなければならないという意識もあり、目上相手にもあえて無礼を貫く者も多い。

そんな傭兵たちがマリアの姿を認めた途端、騎士のように背筋を伸ばしている。

気軽に彼らと話しているクリスタにはその反応がとても新鮮に見えた。

萎縮する傭兵たちに、マリアは手をぶらぶらとさせる。

「いい。楽にしな」

「はっ、失礼しました！」

「少し聞きたいことがある」

マリアは肩越しに親指を立て、後ろにいるクリスタを指さした。

「あいつを誰だか知っているかい？」

傭兵は直立不動のまま即答した。

「聖女エキドナ様の護衛、クリス殿です。彼は新種の魔物『多頭蛇』を単騎で討伐した、今回の戦いにおける最大の功労者であります」

「……そうかい」

しばし傭兵たちをじろりと睥睨したのち、マリアは彼らに背を向けた。

「邪魔したね」

続いてマリアは、治療区の治癒師に声をかけた。

傭兵と同じく直立不動の姿勢を取る治癒師に、クリスタは普段のマリアの視察風景がなんとなく想像できた。

「こいつの名前を知っているかい」

「はっ。聖女エキドナ様の護衛、クリス殿です」

「そうかい」

続いて向かった先は避難所。そこでローサを呼び止め、同じ質問を繰り返す。

返答は同じだった。

「エキドナ様の護衛、クリスさんでございます」

「ほう」

じろり、とマリアはクリスタを見上げた。兜越しに素顔を見透かしたような瞳に、クリスタは思わず顔を逸らした。

――そんな調子でマリアは道行く人々にクリスタが誰であるかを聞いて回った。

(この行動にどういう意味があるのかしら……？)

マリアの意図が分からず、クリスタは胸中で首を傾げた。

思索に耽《ふけ》っているうち、気付けば人里からかなり離れた場所を歩かされていた。

周辺は木々に囲まれ、僅かに傾斜のある道を黙々と歩いている。

どうやらマリアはなだらかな丘の上を目指しているようで、幅の広い階段を疲れた様子も見せず軽快に進んでいく。

「そうそう。今回ここに来た理由はもう一つあってね」

「？」

息も切らさずにマリアは告げた。

「教会の資料室を戸締まりもせず散らかしたまま出て行ったバカがいてね。そいつをとっちめに来たのさ」

教会の資料室。

ルトンジェラに行く前に立ち寄ったが、そういえば出した資料を片付けた記憶がない。

クリスタは身の危険を感じ、その場を離脱しようとした。

（バレてる――――!?）

「どこに行くつもりだい」

「!?」

マリアに声をかけられ、クリスタは動きを止めた。

音は立てていない。ほんの少しだけ、重心を後ろに傾けただけだ。後ろに目でも付いている――

否、付いていたとしても、クリスタの胸中を読まなければ今の僅かな身じろぎで分かるはずがない。

胸中を見透かされたようなマリアの一言に、クリスタは逃げることを諦めた。

「もうすぐ着く。黙って来な」

（ああ、せっかく誤魔化せたと思ったのに……やっぱりこうなるの）

クリスタは逃げることを諦め、折檻を受ける覚悟を決めた。

もともとルトンジェラに来た理由はルビィが働く期間中、彼女を見守るためだ。

その目標は達成できているのだから。

（そういえば、この道の先って――）

木々が林立した道を抜けると、一気に視界が開けた。

リミミ丘と名付けられたその場所は巨木が一本だけぽつんと生えた開けた土地だった。巨木の根元には、岩が立てられている。

それは成形もされていないただの岩だが、特別な意味が込められていた。

死者を弔う墓石。

ここはルトンジェラで死した人々の共同墓地だった。

ルトンジェラで死者が出ることはそう珍しくはない。被害の少ない今回が特別だっただけだ。

死後の諸々の手間を省くため、誰彼関係なくこの墓石の下で眠っている。

（なるほど。「ここがお前の墓場だ」と言いたい訳ね）

皮肉の効いた場所だとクリスタは思わず苦笑してしまった。

「……」

マリアは墓石に向かって長い時間手を合わせ続ける。

手持ち無沙汰だったクリスタも、なんとなくで手を合わせる。

無神論者のクリスタは死者に対する敬意の念が希薄だ。

膨大な魔力を操る魔法使いも、歴戦の古強者《ふるつわもの》の傭兵も、民の安寧と平和を願う賢王も。

死ねばみな等しく土に還るだけ。

それは王国を守護する聖女も同様だ。

（死んだ人に祈りを捧げたところで何の意味もないわ。だって――）

「死者は死者だから。死ねばすべてが無になり、後には何も残らない」

「っ」

まるで胸中を読んだかのようなタイミングでマリアが続きを口にしたので、クリスタは思わず身じろぎした。

（ぎくり）

「アタシがこの世で一番嫌いなヤツが言っていた言葉だ」

マリアの言葉は、クリスタが聖女になった日にそのまま彼女へと放った言葉だった。

（やっぱり嫌われていたのね、私……）

クリスタは肩を落とした。他人にどう思われようと気にしないが、やはり近しい人々にそう言われると落ち込む程度には人の心を持っている。

マリアは黙祷をやめ、傍にある木組みの長椅子に腰掛けた。

「あんたも座りな」

「……」

「待ちな。どうして地面に正座しようとしているんだい」

言われる前におしおきされる体勢になろうとして止められる。

コツコツ、とマリアは杖で長椅子を叩く。隣に座れ、ということらしい。

(失礼します)

胸中でそう断りを入れてから、クリスタは恐る恐るマリアの隣に腰掛ける。

「……」

「……」

二人でしばし、リミミ丘から見えるルトンジェラの風景を無言で眺める。

国の為に戦った英雄たちが死後、少しでも景色を楽しめるように——という理由から、このリミミ丘が共同墓地になった。

クリスタにとっては全く論理から外れた考え方だが、景色が綺麗なのは確かだ。

「アンタにいくつか聞きたいことがある」

沈黙を破ったのは、マリアだ。

「……分かりました」

ここまで来たら顔を隠す必要はもうないだろう。

兜を取ろうとすると、マリアの杖がそれを止めた。

「今のは風の音だね。年のせいか、最近耳が遠くていけないねぇ」

「……」

マリアはクリスタの言葉を聞こえないふりをした。

「そのままで聞きな。頷くか、首を振るかだけでいい」

マリアは前を向いたまま、淡々と問うてきた。

「あんたが今回来たのは『いつもの理由』だね？」

いつもの理由とは、ルビィのためにやったことなのか？　という意味だ。

クリスタは首を縦に振った。

「夜な夜な結界の外に出て魔物の数をこっそりと減らしていたのも、それが理由──と」

「……」

マーカスが持っていた報告書から、マリアはクリスタがどういう行動を取っていたかをほぼ正確に把握していた。

同じように、クリスタは首を縦に振る。

「他に意図はなかったんだね？」

「……？」

（他に意図？　どういう意味かしら）

クリスタは首を横に振った。

「そうかい」

ゆっくりと立ち上がり、腰を伸ばすマリア。

「聞きたいことはそれだけだ」

「あの、マリア」

「また風の音がしたね」

コツン、と杖で頭を叩かれる。痛みは皆無だったが、なんとなくそこを押さえながらクリスタはマリアを見上げた。

マリアは小さな声で、

「──今回はアンタの妹に免じて見逃してやる。王都に戻るまで、決してバレるんじゃないよ」

それだけを言い残し、マリアは先に帰ってしまった。

叩かれた頭を押さえたまま、クリスタは呆然とその背中を見送った。

マリアが。

あのマリアが。

「……見逃して、くれ……た？」

▼　▼　▼

帰りの馬車に揺られながら、クリスタはエキドナにリミミ丘での出来事を話した。

「珍しいことがあったもんだな。あのマリアが見逃してくれるなんて」

「魔王が復活する予兆かしら」

「言い過ぎだろ」

「それくらいありえないことなのよ」

聖女戒律の見逃し程度ならまだ分かる。しかし人前で聖女の力を、教会が意図しない方向で使うとマリアは容赦なく杖で制裁してくる。

今回はどうだっただろうか？　考えるまでもなく後者だ。

クリスタにとっては命題であるルビィを見守ることも、マリアからすれば「そんなもん知るか！」という話のはずだ。

クリスタの正体が分からず――ではない。完全に気付いていたにも拘わらず見逃してくれた。

前代未聞の出来事に論理と事実が合わず、クリスタは頭を抱えた。

「うーん、どうしてなのかしら」

「よっぽどルビィを気に入ったってことだろうな。よかったじゃないか」

「そっか。マリアもルビィの虜《とりこ》になったってこと」

「それはちょっと違うと思うぞ」

やれやれ、とエキドナは首を振った。

「顔がバレてなかったってのもありそうだな。鎧を着ていて正解だったな」

ルトンジェラの人々は誰もがクリスタのことを『エキドナの護衛、クリス』と認識していた。

クリスタの正体に気付いたのはたった一人、マリアだけ。彼女さえ目を瞑れば、『聖女エキドナの活躍によりルトンジェラを災厄から守り抜いた』……という風に脚色も可能で、教会の評判にも大幅なプラスとなる。

「なるほど理解したわ。聖女だと分からないようにすれば今後も折檻を受けることはないと」

「それは発想が飛躍してないか？」

今回は特別、妹に免じて、というマリアの言葉を都合良く忘れたクリスタは、笑みをたたえながらゆっくりと立ち上がった。

「ふふ、ふふふ」

「クリスタ？」

「——閃《ひらめ》いたわ！　もうマリアに怒られないようにする完璧な方法を！」

十七　妹の理想郷

マリアからのおしおきを華麗（？）に回避し、意気揚々と王都に舞い戻ったクリスタ。

（ルビィは色々と経験を積めたし、マリアには怒られなかったし、さらには今後怒られないようになるための発明品も閃いた！　絵に描いたようなハッピーエンドね！）

スキップしながら魔法で施錠された門を開き、魔法研究所前の跳ね橋を渡る。

（なにか忘れているような気がするけれど……まあ、いいか♪）

鼻歌を口ずさみながら自室へと戻るクリスタを待っていたのは——魔法研究所所長の、とてつもなくにこやかな笑顔だった。

「やあクリスタ・エレオノーラ。二週間ぶりだね。随分と上機嫌そうで何よりだ」

「あ」

「君が帰ってくるのをずっっっっっっっっっっっっっっっっっっっっっっっっと待っていたよ」

所長の笑みで、クリスタは思い出した。

自分がどういう状況で魔法研究所を抜け出したのかを。

「討論会はマクレガー君のおかげで大盛況だったよ。魔物専攻科から彼を引き抜こうなんて話が出たほどにね。火事場の何とやら、だろう」

「そそ、それは何よりです」

「立ち話もなんだ。とりあえず座りたまえ」

「失礼します」

「クリスタ・エレオノーラ」

「はい……？」

所長は慈愛に満ちた笑みのまま、床を指さした。

「正座」

▼ ▼ ▼

「かふっ」

一週間後。

クリスタは自室の机に白目を剥きながら突っ伏した。半開きになった口からは魂のようなものがひょっこりと顔を見せている。

膨大な魔力と、聖女の力を『拡大解釈』する術を持ち、【聖鎧】を始めとした独自の能力を自在に操り新種の魔物ですら無傷で葬る戦闘能力を秘めたクリスタは、いま、瀕死の状態に陥っていた。

その元凶となるものは——目の前にうずたかく積まれた書類だ。

「や、やっと終わったわ……」

疲労が色濃く残る掠れた声で、独り言ちる。

クリスタが手がけていたものは大好きな研究などではなく。討論会をサボった彼女への罰として与えられたものだ。

その内容は、魔法使いを対象に行われるアンケートをチェックし、それを表にまとめて集計する作業。

ここ魔法研究所は、名の通り魔法に関するありとあらゆる研究がなされている。

本当になんでもだ。起源を巡る考察、魔法理論の提唱、新たな魔法の活用方法、使用されている魔法の統計調査まで。

クリスタの専攻分野は新たな魔法理論の提唱、触媒を加工して生成した道具の試作、魔法に付随する起源の考察であり、ちまちました作業は非常に苦手としていた。

それを知った上で、所長はこの仕事を罰として言い渡したのだ。

（まさかマリア以外にも鬼がいたなんて……完全に見落としていたわ）

妹の危機に討論会など参加している場合ではない、と弁明はしたものの、そんなもので納得するのはクリスタ本人以外にはいない。

「常識に囚われない突飛な論理を展開するのは論文の中だけにしろ！」と一蹴されてしまった。

ルビィの平和を見守り。

ついでにルトンジェラの危機も救ったのに……。

「どぼぢで」

今回は言わなくて済んだと思った台詞が、自然とクリスタの口をついて出てきた。

「よ。お疲れさん」

机の上にへばりつくクリスタの前に、温かな湯気の立つ珈琲が置かれた。

「マクレガー。ありがと」

珈琲豆の匂いが鼻腔を刺激し、だらけた身体に自然と活力が戻ってくる。

温かなカップを通して、彼の優しさが伝わってくる。

「はぁ。討論会を快く交代してくれただけじゃなく、こうして珈琲もいれてくれるなんて。所長にもあなたの優しさを見習ってほしいものだわ」

「誰が『快く交代した』だ。事実を捏造するな」

マクレガーはツッコミを入れてから、クリスタの机にもたれかかった。

「まあいい。お宝をくれたからな」

「気に入ってもらえたようで何よりだわ」

マクレガーへの手土産になるかと思い、クリスタは多頭蛇の鱗と生態のレポートを覚えている範囲で渡した。

クリスタですら興味をそそられる生態だったのだ。魔物研究を専攻するマクレガーには垂涎の逸品だったようだ。

「しかし、活動期のルトンジェラにはこんなにも面白い魔物が出てくるのか」

多頭蛇ほど特殊な魔物はそうそう出現しないが、少なくとも新種は必ず発見されている。

「あー、ルトンジェラに移住してぇなぁ」

「けれど向こうに設備の整った施設はないわよ」

「それが嫌なんだよなぁ。施設を建てようにも、俺個人の名前だと稟議《りんぎ》は通らねえだろうし」

クリスタが魔法に傾倒しているように、マクレガーも魔物に傾倒している。

分野こそ違っているが、二人は似たもの同士なのだ。

「ま、ああいうモンをくれるならまた助けてやるよ」

「その台詞、あと少し早く言ってくれていたら統計調査を手伝ってもらっていたのに」

「だと思った。だから今言ったんだよ」

「あら酷い」

クリスタが微笑むと、マクレガーも唇の端を少しだけ上げた。

「さて。やることは済んだし、私はもう出るわ。珈琲ごちそうさま」

「実家に帰るのか？」

「うん。その前に教会に寄らなくちゃ」

「聖女サマは大変だな」

「仕事じゃないわ。ちょっと話をするだけよ」

クリスタは事前に用意していた荷物を抱えた。

「なんだそりゃ?」

「新しい発明品」


「クリスタ様! 聖女エキドナ様およびマリア様のご活躍は既に耳に届いているかと存じます。つきましてはあなた様にも祈りを捧げる姿を皆に――」

「結構です」

いつものように群がってくる神官たちをやり過ごし、聖女の私室が並ぶ廊下に素早く移動するクリスタ。

やはりというか、ルトンジェラの騒動は色々と脚色されて美談に変わっていた。

エキドナの視察中に活動期が訪れ、祈りを駆使して防衛に当たっていたが、魔物の猛攻に押されて窮地に陥る。

そこで登場したのが応援を引き連れてやってきたマリアだ。彼女は神の啓示により活動期を予見し、ルトンジェラを救った。

おかげでエキドナとマリア、そして二人を抱える教会の株はここ数日で急上昇していた。

目的の場所に辿り着いたクリスタは、ノックをしてから入室する。

「失礼します」

扉を開けると、ちょうど朝の祈りを終えたマリアと視線がかち合った。

多頭蛇を討伐後、ルトンジェラは安定期に戻ったらしい。やはりあの魔物が今回の原因だったようだ。

クリスタが統計調査で喘いでいる間に、彼女はルトンジェラから帰ってきていた。

「お前がこんな時間に来るとは珍しいね。何か用かい」

「実は、見て頂きたい物がありまして」

クリスタは持っていた包みを開き、それを広げて見せた。

「……なんだい、それは」

「変装セットです！」

闇に溶けるような黒いローブ。そして顔の部分には仮面が取り付けてある。

「仮装でもするつもりかい」

「私は真理に気付いたんです」

「マリア。本当は私に怒りたくないんですよね？」

「……一応、聞いてやる」

「そうだね。アンタがしっかりしてりゃ無駄な労力を割かずに済むねぇ」

「それを解決するための画期的な道具が、コレです！」

クリスタはローブを羽織り、仮面を装着した。

「見てくださいこの完璧な変装を！　誰も私が聖女だなんて思わないでしょう⁉」

「ああ。どう見てもただの変質者だ」

「つまりこれを着ていれば聖女クリスタの存在はなくなる！　どこで何をしようと聖女の威厳が損なわれることはない！　つまり、これでマリアが私を怒る理由も無あいたぁ⁉」

強い衝撃を受け、クリスタはその場にうずくまった。脳天を押さえながら抗議の視線をマリアへと向ける。

「何をするんですか！　今のどこに殴る要素が⁉」

「どうして殴られないと思ったんだいこのアホタレ！」

「ルトンジェラでは見逃してくれたのに……あぎぃ！」

目の裏で星が瞬く。

「滅多なことを言うんじゃないよ。いいかい。アンタはルトンジェラに行っていないし、アタシと会ってもいない。いいね？」

「あ、そういう設定でしたね。すみません」

「設定じゃない。事実だよ」

マリアは振り上げた杖を下ろし、また大きく嘆息する。

「アンタはもう少し察するってことを覚えるべきだよ」

「それは難しいですね」

何も言わずとも人の気持ちを察する。それはクリスタにはできない芸当だ。

表情も態度も変わらないのに、何を考えているかなんて分かるはずがない。クリスタにとってはそれこそ神の奇跡にも等しい能力だ。

「いいかい。『ルトンジェラに行った』なんて世迷い言を他のモンに絶対言うんじゃないよ。教会、魔法研究所、アンタの妹にもだ！」

「分かりました」

既にマクレガーに言ってしまったが、彼は口が固い。頼めば黙ってくれるだろう。

「分かったならとっとと出て行きな。仕事の邪魔だ」

しっしっ、と追い払うような仕草で部屋を出される。

ちなみに変装セットは没収された。

▼
▼
▼

エレオノーラ領に辿り着き、クリスタは馬車を降りた。

「お帰りなさいませ、クリスタ様」

「ただいま。メイザ」

いつも通り専属メイドが出迎えてくれるが、その姿勢はいつもと変わっていた。

「……メイザ？　どうして正座しているの」

メイザは何故か土の上に座り込み、すぐ傍にはナイフが置かれていた。

それを恭しく持ち上げながら、彼女はクリスタに懇願してきた。

「私を殺してください」

「どうして⁉　なにがあったの⁉」

どうやら彼女はルビィをルトンジェラに行かせてしまったことを相当気に病んでいたようだ。

「か弱いルビィ様を危険なルトンジェラに向かわせるなんてあってはならない。お止めすべきだ
……とは思いましたが、クリスタ様のご指示は絶対。ここはルビィ様のご意思を尊重するべきなの
か……と、悩みました」

相反する二つの感情の狭間で揺れ動き、最後にはクリスタへの忠義を貫いたようだ。

「メイザは悪くないわ」

「しかし……間接的にルビィ様を危険に晒してしまいました」

「私の言い方が悪かっただけなのよ。気に病まないで」

メイザはあまり表情が豊かではないが、はっきりと落ち込んでいると分かる。

その理由も、ちゃんと説明してくれた。

（ここまでしてもらえたら、私も『察せ』られるんだけどね）

説明も何もしてくれないマリアを思い浮かべながら、クリスタは苦笑した。

「ほら、立って？　いつもの紅茶をお願いするわ」

「……かしこまりました」

落ち込むメイザを慰め、お茶を注いでもらう。

それを飲んで一息つきながら、ふとクリスタは尋ねる。

「ねぇメイザ。人の気持ちって分かる?」

「すべてを理解するのは難しいですが、少しなら」

「すごいわね。私にはぜーんぜん分からないわ」

「何を仰います。クリスタ様も、ルビィ様のお気持ちをよくご理解されているではありませんか」

「ルビィは分かりやすいからよ」

クリスタがルビィを理解できるのは、身体のどこかに兆候が出ているからだ。

眉の位置がいつもより二ミリ下がっているとか、抱きしめた時の体温が平常範囲内(ルビィの平熱は三十六度三分だ)より高いとか、心拍数がいつもより十八速いとか。

変化を読み取ったのち、ルビィの行動パターンを考えれば、どこに要因があるのかはだいたい想像がつく。

「ルビィの様子はどう?」

「夜もぐっすり眠っておられます。魔物によるトラウマ等は心配ないかと」

「良かったわ」

魔物という異形の生物を見た者は少なからず畏怖の感情を覚える。

ルトンジェラではエキドナの能力に興奮していたが、落ち着いてから恐怖を思い出すかもしれない。そう思って様子を見てもらっていたが、どうやら大丈夫なようだ。

「お姉様、お帰りなさい!」

しばらくメイザと話をしていると、ルビィが駆け寄ってきた。

料理の下ごしらえを手伝っていたらしい。

さっそく学んだことを活かして人の役に立っており、クリスタは思わず涙をこぼした。

（すごいわルビィ、立派よ！）

「お姉様、どうされたんですか？　急に泣き出したりして」

「目にゴミが入っただけだから気にしないで。それよりルビィ、ルトンジェラでの話を聞かせてくれる？」

クリスタがルトンジェラにいたという事実は抹消されている。

既にルビィの頑張りは百も承知だが、あの地にいたことは墓場まで持っていかなければならない秘密だ。

話を聞いてからでなければ具体的に褒めることもできない。

「はい！　魔物討伐で応募したんですけど、駄目って言われて――」

ルビィの目から見たルトンジェラがどういうものなのかを、ゆっくりと時間をかけて聞く。

「――と言うわけで、今回もすごく学びの多いお仕事でした！」

「うんうん、良かったわね」

色々とトラブルはあったものの、ルトンジェラでのことはルビィにとって良い経験になったようだ。

しかし姉としては、結界の穴にはもう行ってほしくない。

結界の穴でしか積めない経験はそれほど多くない。それよりももっと安全な内地にいてほしい。

（まあ魔物の怖さはある程度は分かったと思うし、さすがにもう一度行こうとは思わないだろうけど）

そんなクリスタの淡い期待は、ルビィの満面の笑顔と共に打ち砕かれた。

「はい！　他の結界の穴にも行ってみて、いろいろお手伝いしようと思います！」

「……へ」

目が点になるクリスタとは対照的に、ルビィは目を輝かせて力説する。

「聖女がどれほど王国の人々に感謝されているのかを目の当たりにして、改めてお姉様がいかにすごいかを再確認しました！　やっぱり本を読むのと現地で生の声を聞くのとでは全然違いますね！」

クリスタは見落としていた。

クリスタがルビィを大好きであると同程度に、ルビィもクリスタのことが大好きであるということを。

そしてルビィは、クリスタが褒められることに何よりの喜びを感じることを。

そう。

オルグルント王国で最も聖女が崇められる地である結界の穴は、ルビィにとっては理想郷なのだ。

「他の結界の穴にも行って、お姉様のすごさを肌で感じたいと思います！」

「………そ、そう？」

きらきらした瞳にクリスタは「やめろ」なんて言うこともできず、ただ頷くことしかできなかった。

「はい！　あ、それからお姉様にお伺いしたいんですけど」

「何かしら」

「聖女の護衛になるには、どうすればいいですか？」

「え」

どうやらルビィはエキドナの護衛をしていたクリスに強い興味を持ってしまったらしい。

「クリスさんってお会いしたことありますか？　すごく強くて頼りになりますね！　あの方みたいに私も聖女の方々を護衛できたらなー、なんて」

「あ、あは、あははははは」

（私のバカ！　もっとうまい正体の隠し方があったでしょうが……！）

まさか自分の顔を隠すために捏造した護衛という仕事にルビィが憧れを抱くとは思いもせず、クリスタは胸中で頭を抱えた。

「最近は素振りの練習をしているんです！　いっぱい鍛えたら、聖女の護衛になれるかなぁ」

「あー、えっと。どうかしら」

思い描いていた淑女像と徐々にズレていくルビィをどう矯正しようかと考えながら、クリスタは晴れ渡る青空を見上げた。

書き下ろし番外編　エレオノーラ領の日常

「ふわぁ。よく寝た」

瞼の裏に光を感じ、ルビィ・エレオノーラは閉じていた目を開いた。大きなあくびをしながらベッドを出て、カーテンと窓を開く。

「うん、今日もいい朝ね！」

隙間から漏れ出ていた陽光を全身に浴びながらルビィは両手を広げた。

ちょうど庭の雑草を取り除いていた庭師見習いの青年・ハリーと目が合う。

ルビィが手を振って挨拶すると、彼は帽子を僅かに持ち上げてぺこりと頭を下げた後、再び雑草を抜き始めた。

「失礼しますルビィ様」

扉がノックされる。そちらを振り返ると、一人の使用人が入ってくる。メイザだ。彼女はルビィの姉であるクリスタの専属メイドだが、当のクリスタがほとんどエレオノーラ家にいないので実質的にはルビィの専属メイドと雑務担当のような立ち位置になっていた。

「おはようメイザ」

「おはようございます。朝食の準備ができております」

「ありがとう」

にこりと笑みを向け、ルビィは着替えを済ませてから食堂へと向かった。

「おはようございますルビィお嬢様。今日の卵は新鮮ですよ」

「わぁ！　今日もおいしそう」

輪切りにされたゆで卵が添えられたサラダと甘いジャムの塗られたパン、そして色とりどりの野菜が入ったスープ。どれもここエレオノーラ領で採れたものだ。

最近はずっとルビィ一人で食事を取っている。ウィルマの一件でセオドーラ領もエレオノーラ領の管轄下となり、ルビィの父ジェイドはそちらにかかりきりになっていた。

少し寂しい気持ちになりつつ、ルビィは両手を合わせた。

「いただきます」

▼▼▼

ルビィの姉・クリスタは魔法研究所の研究者だ。研究所の門は狭く、試験は容易に突破できない難易度を誇っている。

十年以上受け続けてようやく合格した……という者もいるとかいないとか。

クリスタはその難関試験を十三歳という若さで通過した。当然ながら最年少記録を更新し、今もその記録は破られていない。

その後は数々の魔法理論を発表。オルグルント王国の魔法技術の発展に多大な貢献をしている。

王国だけでなく、ここエレオノーラ領もクリスタの恩恵を多分に受けている。彼女は研究所と教会から得た金銭をほとんど領地に寄付していた。

正確な金額はジェイドしか知らないが、とんでもない金額になっている——という話は小耳に挟んでいた。

そんなクリスタを、ルビィはとても誇らしく思っている。

多くの人々に貢献するクリスタを尊敬し、自分もそうなりたいと強く思った。

「わたしも大きくなったら、おねーさまみたいになる！」

当時十歳のルビィは、無邪気にもそう思っていた。

しかし年齢を重ねるにつれ、ルビィはクリスタとの埋められない差を知ることになる。

クリスタが解いていた問題よりも遙かに簡単なはずのものが解けない。

クリスタが一度で覚えていたダンスを何度も練習しないとできない。

ルビィが不出来という訳ではない。彼女は色々な意味で『普通』であり、クリスタが『異常』なのだ。

しかしクリスタという『異常』を目標に据えていたルビィからすれば、『普通』の結果では全く満足できなかった。

「どうして私は……こんなにも落ちこぼれなんだろ」

ルビィはクリスタを追い求めるあまり、劣等感に苛まれるようになる。


——そんな折、クリスタが聖女に選ばれたという報せが入る。

聖女とは『極大結界』を維持・管理し、【守り】と【癒し】の力で人々に安寧をもたらす存在だ。

オルグルント王国が魔物の脅威に晒されず日々を平和に過ごせているのはひとえに聖女の庇護があ

るからこそ。

魔法研究所と聖女。国を担う重要な役職を二足のブーツとして履くクリスタのことを益々《ますます》誇らしい自慢の姉だと思う反面、内なる自分が「お前は何をしているんだ」とルビィを責め立てた。

どうしてこんなこともできないのか。

どうしてこんなこともわからないのか、と。

クリスタの成功はルビィにとっても喜ばしいことだったが、両者の差がいよいよ埋められない域になってしまったと内心で焦っていた。

クリスタほどではないにしても、少しは国に——領地に貢献できることはないのかと思い悩んだ。

その末に思いついたのが、婚約だった。

良縁を繋ぐことこそ貴族の娘の本懐。婚約者さえ見つけられたら、少しは役に立てるはず。

そう思っていたルビィだったが……。


一人目の婚約者、ウィルマ・セオドーラ。彼は単なる女誑《たら》しで、しかも領民に酷い重税を強いていたという。

二人目の婚約者——正確には見合い相手だが——、アラン・シルバークロイツ。最終的に和解したが、当初の目的は果たせなかった。

両件とも父ジェイドはもちろん、姉クリスタにも多大な迷惑をかけてしまった。

非常に手痛く、恥ずかしく、辛い失敗だったが、クリスタに励ましの言葉をもらうことができた。

ルビィはこれまで失敗してはならないと思い込んでいた。

しかしクリスタから言わせれば失敗は成長の種であり栄養だ。

クリスタの今日の成功も、多くの失敗を繰り返してきた結果だという。

——今回の失敗が、いつかどこかで成功の花を咲かせる栄養になることを期待しているわ。

クリスタのその言葉により、ルビィは考えを改めた。

貴族令嬢はいずれ結婚することになるが、それまでに失敗を恐れずどんなことでも挑戦し、経験を積んでいこう、と。

ひょっとしたら、結婚後にも役立つ適性が見つかるかもしれない——と。


以降、ルビィはこれまでしてこなかったことを積極的にするようになった。

「ごちそうさま。片付けは自分でしますね」

食べ終わった食器を厨房の流しに持っていき、自分で洗う。貴族令嬢がするべきことではないが、これも経験だ。

特にこれといった技能を持たないルビィはまず実家の使用人の手伝い——掃除や庭の剪定、花の水やりなど——から始めていた。

「ありがとうございますルビィお嬢様」

「こちらこそ。いつもありがとうございます」

今でこそすんなりと片付けられているが、最初は洗っている最中に手を滑らせて皿を割ったりと失敗の連続だった。こんなこともできないのかと、自分の不器用さに嫌気が差したこともあった。

しかしそれも経験だ、と、ルビィはめげることなく手伝いを続けた。

おかげで今は卒なくこなせるようになっていた。

（やっぱりお姉様が言っていた通りね）

これが正解なのかはまだ分からない。ただ、変化は感じていた。

手伝いを始めてすぐにルビィは周辺を見る目が変わったと自覚した。

勝手に生えてくる雑草を誰が、どうやって整えてくれているのか。

毎日の食事を誰が作り、またその材料となるものを誰が育てているのか。

これまで気付かなかったこと――いや、気付いていたが認識していなかったことが見えるようになった。

視野が広がったとでも言うべきだろうか。

多くの人々のおかげで今の生活が成り立っていることにルビィは改めて気付かされた。これまでも周囲の人々に感謝はしていたが――見方が変わったことで、さらに深く感謝の念を抱くようになったのだ。

まだ何も成せてはいないが、これが何かに繋がっているというおぼろげな感覚をルビィは抱いていた。

（次は何をお手伝いしようかな……）

食器に残った水分を布巾で拭き取りながら所定の位置に戻していると、厨房で料理人と狩人の話し声が聞こえてきた。

厨房の担当者と、肉を卸してくれる狩人の声だ。

「ジェイドの旦那はまだセオドーラ領か？」

「そうだが。何か急用か」

「うちの倅《せがれ》が初めて獣を仕留めたんでな。是非旦那に食べてもらいたかったんだが……」

狩人の試験として、一人で獣を仕留めるという風習がある。そうして仕留めた最初の一頭は領主に献上し、そこで初めて一人前の狩人として認められるのだ。

「いないなら仕方ねぇな。お嬢様やみんなで食べてくれ」

「分かった。ありがたくいただくよ」

獣を受け取るため、料理人は勝手口から外へと出た。姿が見えなくなり、声だけが聞こえてくる。

「しかし困ったな。午後は買い出しに出かけなきゃいけねぇし……おお、そうだ。解体はメイザちゃんに頼むとするか」

「女の子に任せるってのはどうなんだ？」

名案を閃いたとばかりに手を打つ料理人に、狩人は呆れたような声を出した。

「いや、あの子は俺なんかよりよっぽど手慣れてるんだよ。どこで修行してきたのか知らねえけど、ありゃあ相当なもんだぞ」

獣の解体。まだ挑戦したことのない仕事を聞きつけ、ルビィは閃いた。

「メイザ」

その日の午後。ちょうど厨房に向かおうとしていたメイザにルビィは声をかけた。

「ルビィ様。どうかなさいましたか」

「聞いたんだけど、午後から獣の解体をするの？」

「ええ」

「それ、私も手伝えないかな？」

メイザは少しだけ視線を彷徨《さまよ》わせる。無表情メイドの名をほしいままにする彼女が何を考えているのかはあまり分からない。

（ユーフェアちゃんの無表情とはまた違うのよね、メイザは）

やや間を開けてから、メイザは口を開いた。

「全部は難しいですが、ところどころ助力いただける部分もあるかと」

「本当？　それじゃ、手伝わせてもらってもいい？」

「もちろんです」

（やった！）

ルビィは胸の前で小さく拳を握った。

これでまた一つ、経験を積める。

そう考えていたルビィだったが、彼女はひとつ、大きな思い違いをしていた。

食卓に並ぶ肉の形しか知らない彼女は、「獣の解体」を「一つの大きな塊肉を切り分ける」ことだと認識していた。

当然だが、これからメイザがする「獣の解体」は、まだ血抜きすら終えていない、生物の形をしたままの状態をさばくことだ。


――そのことに気付いたのは、厨房の裏に出てすぐのことだった。

「まずは解体前に毛を抜きます。熱湯に浸けると毛が抜けやすく――ルビィ様？」

想像と現実の落差にルビィは目眩を起こし、その場で倒れた。

▼ ▼ ▼

「ううん……」

「お目覚めになられましたか」

「あれ、メイザ……？」

ぼんやりとした頭を抱えながら、ルビィは身体を起こした。

「私、どうしてベッドに？　確か、獣の解体のお手伝いを」

既に日はとっぷりと暮れ、辺りは薄暗くなっていた。

「ええ。その途中で気を失われまして」

「あ……」

意識がはっきりするにつれ、ルビィは気を失う前の醜態を思い出して顔を青くした。

「メイザがここまで運んでくれたの？」

「はい」

「獣の解体は⁉」

「ご安心ください。滞りなく終わっております」

「……ごめんなさい。私、また失敗したわ」

ルビィは布団を強く握り締めながら俯いた。

偉そうに手伝うと言っておきながら、メイザに余計な手間をかけさせてしまった。

いつもならここで涙を流すところだが……ルビィは唇を噛み、ぐっとそれを堪える。

(ダメダメ。ここで落ち込んだらお姉様に顔向けできないわ)

目に涙は浮かんだが、それが零れる前に急いで拭い去る。

「これも……これも、経験のうち。今回の失敗が、いつかどこかで成功の花を咲かせる栄養になるんだから」

ルビィはクリスタの言葉を繰り返した。

獣の解体には至れなかったが、元の形状がどういうものか、最初の行程は何なのかは理解できた。

今後は肉を食べるとき、より命を頂いているという実感が湧くだろう。

失敗は確実に経験になっている。

「その意気です、ルビィ様」

メイザはルビィの手を握り、静かに頷いた。

「次、また手伝わせてもらってもいい？」

「もちろんです」

▼　▼　▼

それからもルビィはめげることなく色々なことに挑戦した。

屋敷の中のお手伝いだけでなく、手を広げて領内の店も色々と手伝わせてもらった。

お菓子屋を手伝ったときは天職を見つけたと思ったが、間食が増えて体重の増加が気になってしまい、泣く泣く断念した。

目の前で大量生産されるお菓子と、「自由に味見していい」という免罪符があるあの環境で我慢できる忍耐力は、ルビィにはなかった。

前に進めているという実感も数週間もすれば薄れてきて、ただ単に足踏みしているだけなのでは？　という疑問に変わっていた。

（これで本当にいいのかなぁ？）

ハリーの水やりを手伝いながら、ルビィはそんなことを考えていた。

なんとなく煮詰まったルビィは、気分転換にメイザを領内の茶店に誘った。

エレオノーラ領は紅茶の名産地としてオルグルント王国内ではそれなりに名が通っている。その影響もあってか領民の多くは紅茶をこよなく愛し、彼らに紅茶を振る舞う茶店も多い。一言で茶店と言ってもその形態は様々だ。紅茶だけを出す店もあれば軽食や菓子を出す店もある。

今回、ルビィが来た店は菓子を提供する店だ。

領内ではそれなりの人気を誇っていて、家から近いこともありルビィもよく利用している。

「こんにちは」

「あらルビィちゃん、メイザちゃん。来てくれたんだね」

他の領では貴族と平民は身分がきっちりと分けられているらしいが、エレオノーラ領ではほとんど気にされていない。

ルビィにとっては領民全員が叔父や叔母のような存在だ。

「好きなところに座って。後で注文聞きに行くからねぇ」

「ありがとうございます」

軒先の長椅子に座ろうとすると、メイザがルビィの肩を掴んだ。

「ルビィ様。今日はあちらの席に座りませんか？」

メイザが示した先は軒先ではなく、店の中の奥まった場所にある席だ。

「いいけど、どうしたの？」

「少し雲行きが怪しい気がしまして。通り雨が降ってくるかもしれません」

確かに今日の空は快晴とは程遠い様相を呈している。

通り雨が降ってくれば室内に避難することになるので、それなら最初から中で食べた方がいい。

「分かったわ。奥に行きましょう」

メイザの視野の広さに感心しながら、ルビィは店内に入った。

「ありがとうございます。申し訳ありませんが五分ほど席を外しますので、先に注文していてください」

「メイザ？」

ルビィの返事を待つことなく、メイザはすすっと彼女の視界から消えた。

屋敷の中ならともかく、エレオノーラ領内で一体何をするというのか。気になったが、ルビィは大人しく待つことにした。

その間、ルビィはじっとりとした雲を眺めながらぼんやりと考えを巡らせた。

（私の適性って、何なんだろ）

行動を変えたことで事態は以前よりも好転したが、最近はその先で止まっている。

まるで砂場に埋もれた一粒のダイヤモンドを探すかのような地道な作業で、このまま続けて本当に自分の適性を見つけられるのだろうか――という心配が鎌首をもたげていた。

「お姉様はすぐに見つけていたのに……」

クリスタはルビィが物心つく前から、自分が何を為すべきなのかを理解していたように思う。本人はいくつか試したとは言っていたが、それにしては見つけるのが早すぎる。

（お姉様は魔法が好きだから、魔法の研究をするって決めたんだっけ。じゃあ私も、好きなものを軸にしたら見つかるかな……）

ルビィは自分の好きなものを頭の中に並べてみる。

（私の好きなもの……お姉様）

真っ先に思い浮かんだのは、姉であるクリスタだ。しかし姉と同じ位置には立てないことは嫌と言うほど理解している。

（なら、魔法研究所でお姉様の助手を――いえ、私の頭じゃ無理だわ）

難関試験という高すぎる壁があることを思い出し、ルビィはすぐに頭を振った。

（なら、教会でお手伝いとかできないかな）

教会に入りシスターとなれば、聖女の付き人になれるだろうか。

しかしクリスタを含めた聖女に付き人がいた記憶はない。

聖女は教会が擁していているが、そういう制度はないのだろうか。

（そもそも私、聖女のことをあまり知らないかも）

国を守護する『極大結界』の維持・管理をしている。それ以外の情報をルビィはほとんど知らなかった。

聖女のことを調べれば、自分のやりたいことへと繋がるかもしれない。

（家に戻ったら、聖女のことを調べてみよう）

うん、と拳を握るルビィ。

「お待たせしました」

五分と経たずにメイザは戻ってきた。

「おかえりメイザ。食べ物は注文しておいたから」

「ありがとうございます」

澄ました顔でルビィの正面に座り、メイザは自分の分の飲み物を注文した。

「何してたの？」

「ゴミが残っていたので片付けました」

エレオノーラ家の中だけでなく、領内の美化にまで貢献しているらしい。

（すごいなぁメイザ。さすがお姉様がスカウトしただけのことはあるわね）

メイザは数年前、突然クリスタが連れてきたメイドだ。

あっという間にエレオノーラ家に溶け込んでいるが、それ以前の経歴はクリスタ以外誰も知らない。

「そういえばメイザ、うちに来る前は何をしていたの？」

「各地を転々としながら、掃除などをしておりました」

「へぇ～」

どうやら使用人歴は長いらしい。あの仕事ぶりを見ればそれも当然か……と、ルビィは納得した。

「メイザはメイドが天職なのね」

「……ええ、そうですね」

メイザの唇が僅かに上向いた。滅多に見ることのできない、彼女の笑顔だ。

「クリスタ様に見初めていただけて、私は果報者です」

▼　▼　▼

その日の夜、ルビィは聖女について調べるためにクリスタの部屋に入った。

「お邪魔しまーす」

入ることを禁じられている訳ではなかったが、なんとなく小声になってしまう。

同じように、なんとなく足音を殺しながら本棚の前にそろりと移動する。

「聖女の本……聖女の本……あった」

魔法に関しての書物が大量にある中、聖女に関する書物は教会が発行しているたった一冊しかない。

妙な憶測を広めさせないため、教会は聖女に関する書物の製造・販売を禁止している——と聞いたことがある。

ルビィはその場に座り込み、分厚い表紙の本をめくった。

『聖女とは、極大結界を維持するために神から下賜された力を振るう、いわば神の代行者である。名の通り必ず女性から選出され、神託により決定される』

『聖女は常に五人』

『聖女となった者は常に魔力の一部を極大結界に捧げなければならない』

『聖女は国民の模範である。高い教養と神への信仰心が求められる』

『オルグルント王国は地理上、他国よりも魔物の脅威が近い。にも拘わらず五十年に渡り王都に魔物の侵攻を許したことはない。これはひとえに聖女の御力による奇跡である』

「ふわぁ。お姉様はやっぱりすごいなぁ」

ざっと冒頭を読み、ルビィは声を上げた。

聖女のことを知れば知るほど、クリスタの「すごい」が増えていく。

聖女を讃える文章の数々はクリスタを褒め讃えるかのようで、姉を慕うルビィにとってとても心地よいものだった。

夢中で本を読み進めていると、気になる一文を見つける。

『結界の穴は不備にあらず。神々が信仰心を忘れないようにと置いた試練である』

「結界の、穴……」

オルグルント王国を覆う『極大結界』だが、一部ではそれがない区画が存在する。その区画のことを結界の穴と呼んでいた。

穴があれば当然魔物はそこから国内に入れてしまうが……それでいいらしい。

「確か、空けておかないといけないってお姉様は言っていたわね」

詳細は忘れてしまったが、穴を空けておくだけでいいことがたくさんある——ということだけは覚えていた。

さらに読み進めてみる。

本によると、聖女は定期的に結界の穴を視察するという仕事があるらしい。

大変だな、と思うと同時に、ここにいれば代わる代わる聖女たちがやって来てくれると考えると少し羨ましい気もした。

ルビィもエレオノーラ領にいるだけでクリスタと会えるし、エキドナやソルベティスト、極稀《ごくまれ》にユーフェアとも会うことはできる。

しかしここで会う場合、クリスタは姉であり、他はクリスタの友人だ。聖女としての顔を基本的に見せない。

ルビィが見たいのは聖女としての彼女たちの働きぶりと、そんな聖女に対する第三者の声だ。

結界の穴に行けば本人はともかく、第三者の声は豊富に聞ける。そう思うと、俄然結界の穴への興味が湧いた。

「……行ってみたいなぁ」

クリスタが、エキドナが、ソルベティストが、ユーフェアが、マリアが、彼《か》の地でどういう活躍をしているのか。

よく分からない直感が、そこに行けば何かが分かると叫んでいるような気がした。

「お姉様が視察に行くとき、一緒に連れて行ってもらえないかな」

次の手紙にそれとなく書いてみようか。

そう思っていたルビィだったが、後日、仕事募集の掲示板でとある張り紙を発見する。

『期間限定、ルトンジェラ派遣員募集！　応募資格：魔物討伐経験者、もしくは調理経験者』

ルトンジェラ。

それはちょうど昨日読んだ本の一文にあった、結界の穴のある区画の名だった。

「これ、応募します！」

すぐさま張り紙を引っぺがし、ルビィは名乗りを上げた。

「ルビィお嬢。本当にいいんですかい？　危険な場所ですし、やめといた方が」

「いえ、行きたいんです！」

ルトンジェラに行けば聖女の活躍が聞けるし、タイミングが良ければこの目で見ることもできる。

それにルビィは、魔物討伐にも実は興味があった。

幼い頃、年の近い幼馴染みとこっそり山へ冒険に行って、動かない石を魔物に見立てて勇者ごっこをしていたこともある。

一石二鳥にも三鳥にもなるルトンジェラへの派遣。応募しない手はなかった。


メイザに報告——もちろん事後だ——をすると、彼女は頭から煙を吹き出していた。

「————。分かりました。ではこれを」

しばらく活動停止していたメイザが、のろのろとした動きで腰から棍棒を取り出す。

これで魔物を倒せ、ということだろう。

「ありがとメイザ。私、頑張って魔物を倒して国に、聖女に貢献するわ！」

「…………はい」

メイザはそのままふらふらとルビィの前を離れた。

「……本当にこれで良いの？　けれどクリスタ様のご命令は絶対……でもルビィ様の御身を危

険に晒すことは、それはそれで命令違反に……あぁ……うぅ……」

「？」

ぼそぼそと自分自身に問いかけるようなメイザの言葉は、ルビィの耳には届かなかった。

「そうだ。お姉様にも手紙を書いておこうっと」

幾分か晴れやかな気持ちで、ルビィはペンを手に取った。

「『お姉様、私、魔物退治に挑戦します！』」

あとがき

お久しぶりです、八緒あいらです。

弊作品を手に取っていただき、ありがとうございます。

幸運なことに二巻目も出していただける運びとなりました。これもひとえに読者の皆様のおかげです。


前回はソルベティストと行動していたクリスタでしたが、今回はエキドナです。

彼女は聖女の中では一番の常識人で、破天荒なクリスタとは正反対な性格をしています。

ぶっきらぼうな口調ですが根は優しくお人好し。そんな性格が能力にも反映されており、サポート特化型の聖女です。人々が想像する聖女の正統進化型のような感じですね。

最強のサポート能力を持った聖女ですが、他の聖女たちの経歴と能力に圧倒され、自分を過小評価する傾向にあります。

ルビィに褒めちぎられたことで少しでも自信を持ってくれるといいですね。

ルビィも色々と経験を積み、着実に成長（？）しています。

クリスタが思い描いていたものとは少し違っていますが、ルビィ自身は徐々に方向性が定まってきたのかもしれませんね。

彼女たちがどうなっていくのか、今後を見守っていただけると嬉しく思います。

ところで作者の一番のお気に入り聖女はユーフェアなのですが、未だ小説ではビジュアル化できず（コミカライズ版では二話に少しだけ登場します）。

次こそは……ミュシャ様のテイストで描かれたユーフェアが見たい！　と思う作者でした。

末筆ながら、弊作品の書籍化作業に尽力いただいた担当のU様、ｓｏ品様、ミュシャ様、その他大勢の皆様にこの場を借りて感謝を申し上げます。

@comic

国を守護している聖女ですが、妹が何より大事です

～妹を泣かせる奴は拳で分からせます～

コミカライズ第二話試し読み

漫画：so品

原作：八緒あいら

TOブックス

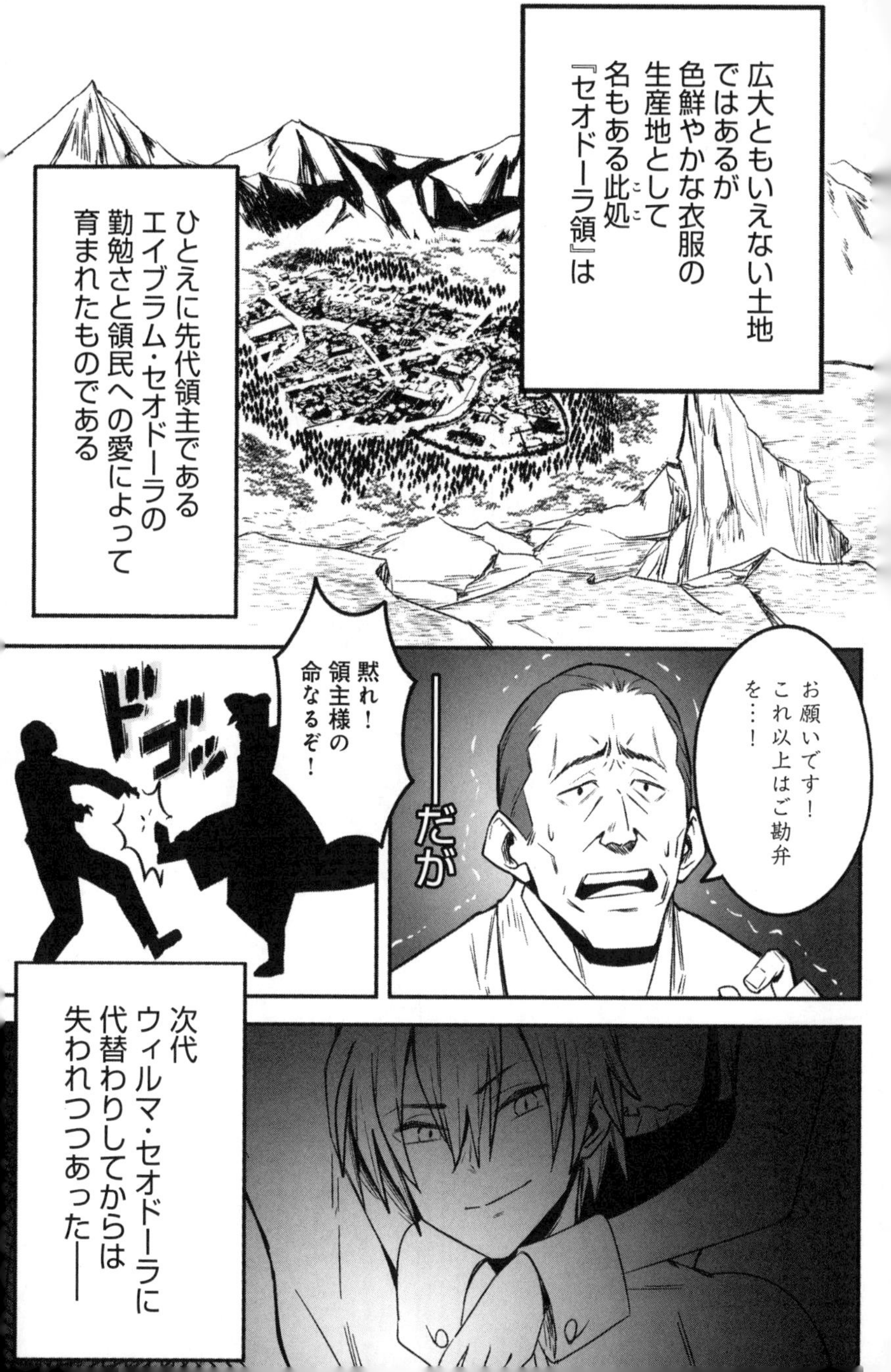
広大ともいえない土地
ではあるが
色鮮やかな衣服の
生産地として
名もある此処《ここ》
『セオドーラ領』は
ひとえに先代領主である
エイブラム・セオドーラの
勤勉さと領民への愛によって
育まれたものである
お願いです！ これ以上はご勘弁を…！
――だが
黙れ！ 領主様の命なるぞ！
ドゴッ
次代
ウィルマ・セオドーラに
代替わりしてからは
失われつつあった――

ここがセオドーラ領ね…
し～ん

Close
もっと活気のある街と聞いてたけど……
お…お願いです!

こ これ以上持って
行かれたら
私の店は畳《たた》まなくて
ならなくなります！
どうか…どうか…！
うるさい！
お前たちは黙って
ウィルマ様へ
懐を差し出せば
いいんだ！
先月も多額の税を
納めたではありませんか！
もう我々は限界です！
なぜこんな…っ

領地経営のためには金がいるんだよ！
お願いします！どうか…
ドカッ
ドカッ
このっ…！
下民が！
ザッ

なるほど
わかりやすい
構図ね
へ？

なっ!
ななな
何者だ
貴様!
通りすがり
の者よ
ふざけやがって
怪しい奴…!
ただじゃおかんぞ!

チル
シム

ぶげっ！
ドゴッ
シュ
大丈夫ですか？

ありがとう
ございます…！
助かりました
こんなに…
こんなに
なるまで…

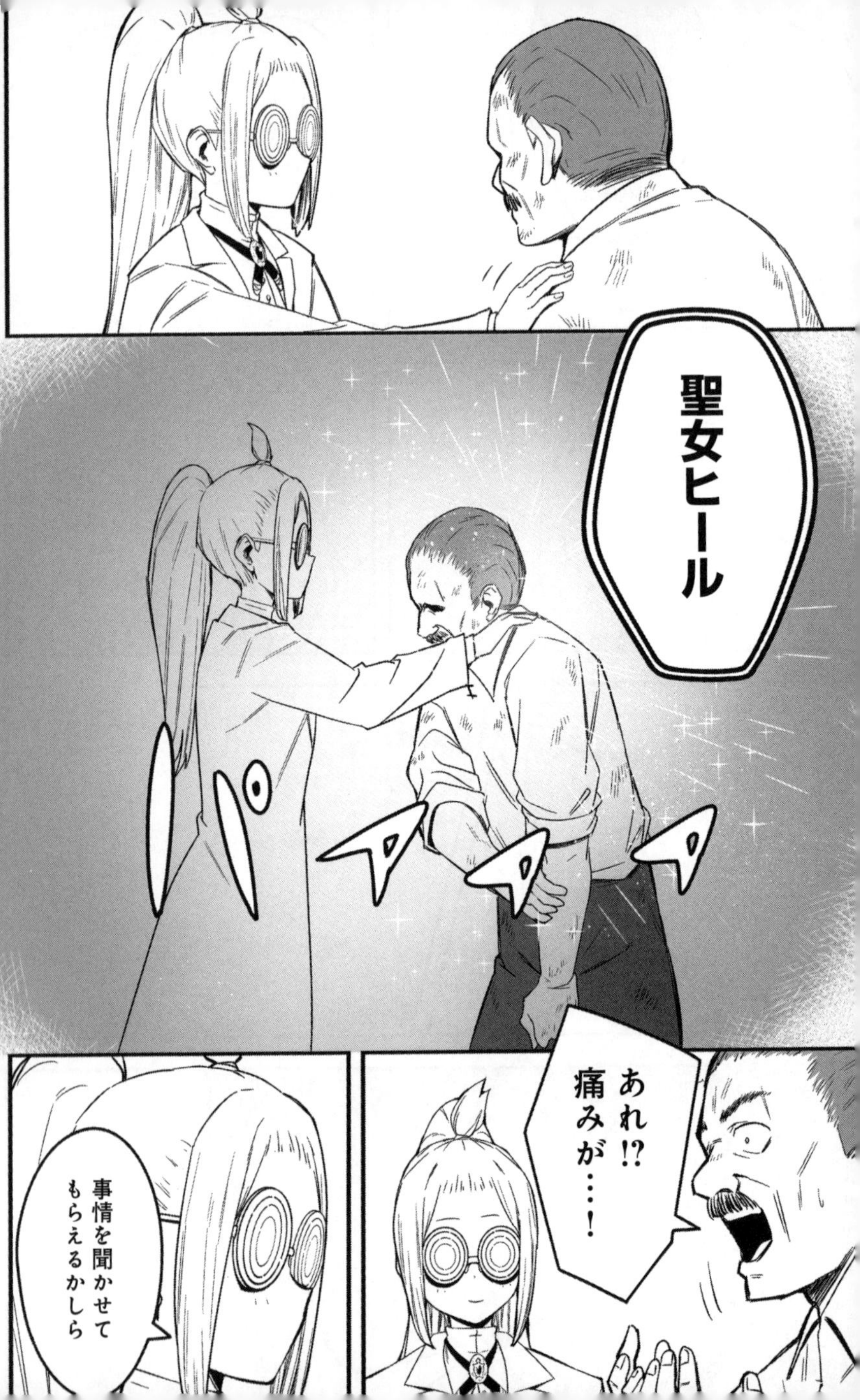
聖女ヒール
パァァァ
あれ⁉ 痛みが……！
事情を聞かせてもらえるかしら

TOブックス
コミカライズ
連載最新話が
読める!
月額400円(税込)で
全作品が読み放題!

マインとして
ローゼマインとして
ドラマCD10
同時発売!
詳しくは原作公式HPへ
tobooks.jp/booklove

大切な記憶へ
愛する者達へ
本好きの下剋上
司書になるためには
手段を選んでいられません
第五部　女神の化身XII
香月美夜
miya kazuki
イラスト：椎名 優
you shiina
第五部ついに完結
2023年冬

国を守護している聖女ですが、妹が何より大事です２
～妹を泣かせる奴は拳で分からせます～

2023年10月1日　第1刷発行

著　者　八緒あいら

発行者　本田武市

発行所　TOブックス
〒150-0002
東京都渋谷区渋谷三丁目1番1号　PMO渋谷Ⅱ　11階
TEL 0120-933-772（営業フリーダイヤル）
FAX 050-3156-0508

印刷・製本　中央精版印刷株式会社

ISBN978-4-86699-948-7